别生气啦

〔日〕小池龙之介 著

王玞 译

四川文艺出版社

果麦文化 出品

目录

第一章　和世界保持适当的距离

001 信息量越大，心越混乱

我曾以"修心练习"为主题，在报纸上发表过一系列随笔作品。这本书所收录的就是这些作品。我之所以会尝试以这个主题来写文章，是因为如果我们对心灵放任不管，它便会变得杂乱无章。

当我们看见自己不是很喜欢的明星出现在电视上，心情就会瞬间焦躁起来；如果朋友回短信回得迟了，内心就会滋生出不安的杂音。是的，人的心灵就是这样，很容易因为一点小事就产生愤怒、悔恨、不安、迷惘、嫉妒等情绪，或者变得不可一世，把事情弄得一团糟。哎呀，这可不得了！

佛教把这一类紊乱的心理状态称作"烦恼"，其特征便是信息量的不断增加。还是拿刚才的例子来说，当人们接收到"短信回得迟"这一信息，就会在脑海中生成"自己是不是被讨厌了""怎么现在还没回消息，真是没礼貌"诸如此类的附加信息。信息量越是增加，心绪就越是紊乱。然而，人类大脑的初始设计恰恰就建立在"信息量越大，越有利于生存"这一理念的基础上。故而即使是毫无意义的、自添烦恼的信息，人们也会高高兴兴地接受，从而让心灵在杂乱无章的路上越走越远。

我一直践行的佛道也算得上是一门心理学，它可以教人们如何在心绪紊乱的时候，对内心进行细致的剖析。就让我们以此为工具进行修心练习，让心灵从诸多烦恼中解放出来吧！

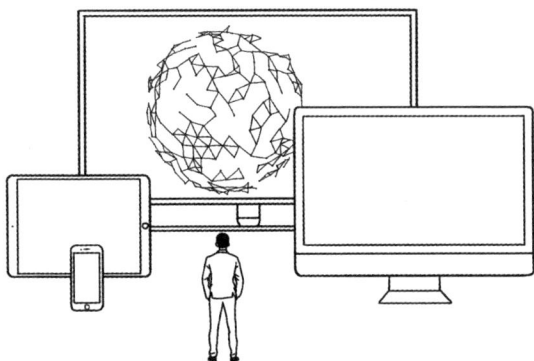

002 从对方的屈服中获取自我价值之愚蠢

从这一章开始，且让我们先探讨如何将心灵从"自尊"的烦恼中解放出来。

我在前面说过，人心很容易受一点小小的干扰就乱成一团。要让自尊心受到伤害，也只需要一点微不足道的契机。例如，在恋爱或者夫妻关系中，如果两人的交往总是一方先主动，就会产生"对方到底爱不爱我"的怀疑。要说这背后的原因，就是自尊心受伤了。

在前面的例子中，对方越是能够主动，或是听从自己的劝诫，我们就越能确认自身的价值和魅力所在。正因为如此，当现实与理想产生冲突时，心绪难免会产生波动。人们总想向别人展示自身的实力，从而陷入自尊心的烦恼中无法自拔，这也就导致了我们容易因为一点小事就感到受伤或是愤怒。

我认为，现在社会上之所以会有这么多"怪物家长"和抱怨狂，还有网络上那些躲在屏幕后对别人恶语相向的人，都是自尊心搞的鬼。这些人通过打击别人、使对方屈服而获得满足感，并沉浸在"我有价值（实力）"的错觉之中。

学校和社会名人一旦被投诉，通常比普通人更难以承受名誉受损所带来的其他损失。因此，即使他们只是犯了一点小错，也不得不向社会公开道歉："对不起，我之前做得不够好。"对于投诉的人来说，毫无悬念，这必定是一场胜仗。以这样卑劣的方式来挑起战争的人，内心该是多么可悲呀！拼命想要从对方的屈服中提升自己的价值，无疑是愚蠢的。在心灵被自尊束缚之前，我们应该清楚地认识到这一点。

003 "我是为了你好"，其实还是为了自己

　　我常常听到有些孩子的家长对我抱怨："我是为了孩子着想，才劝他说'我是为了你好'，他不但不听我的，反而顶撞我。"

　　当事人或许确实认为自己是"为了孩子"，但也许他们自己也没有意识到，这其实是"为了自己"。如果他们能够仔细审视自己的内心，大概就会发现，在"想让孩子懂事些"这种利他式的想法背后，还隐藏着利己式的烦恼。自己内心的真实想法其实是，"如果孩子不照我说的做，我心里就很不舒服"。

　　这种将真实意图隐藏起来的"伪善"，很容易使对方对自己丧失信任，从而让双方的关系变得更加僵硬。在诸多烦恼之中，这也是较为棘手的一种。那么，要如何解决这种烦恼呢？让我们先从一本叫作《无赖传：涯》（福本伸行·讲谈社）的少年漫画说起吧。这本漫画的

主人公是一位名叫涯的少年，他明明没有犯罪，却被警察当作杀人犯逮捕了。某位警官意识到这位少年可能是无辜的，想要帮助他。但警官居高临下的说话方式让这位少年看穿了他的伪善，并拒绝了他的帮助。

结果，警官放弃了"好人"的伪装，向少年坦白了自己背负了一大笔赌债的秘密，并告诉他，揭发真正的犯人有助于自己还清欠款。最终，两人在"拥有共同的利益就不会背叛对方"的共识下，结成了同盟关系。

"你不好好收拾房间就会惹我生气，所以你能不能为了我好好收拾一下呢？"如果这才是父母们内心真实的想法，为何不能像漫画中这样，将自己的利益需求直截了当地表达出来呢？是的，就让我们从放弃"利他"的伪装开始，迈出构筑信赖关系的第一步吧！

004 学会拒绝，别做"老好人"

"别客气，随时都可以找我帮忙！"

"好的，您要是办展览我一定会去看的！"

啊呀呀，当我们一不小心就许下这些承诺的时候，内心想的其实是"我并不想这样做"吧？

当我们真的碰上别人请求帮助，或是被邀请去看展览的时候，确实会感到有些困扰。当然，也有人会以"我虽然很想去，但最近实在抽不开身"这种借口来推脱。但另一部分人在面对这种情况的时候，通常不知道该怎么拒绝。虽然内心不情愿，却还是会答应下来，之后又后悔万分。这种情况我也经历过。

"不想被别人讨厌"，大概是每个人都有的烦恼吧。在这种心理的影响下，人们就会无意识地去扮演"好人"。

正是因为想要扮演"好人"的角色，我们才会不惜通过撒谎来拒绝对方，或是违心地答应去做自己不想做的事。

那么，为什么我们会轻易做出违心的允诺呢？大多数人的想法可能是，虽然自己并不想做这件事，但至少它能让自己给对方留个好印象。人们想要通过这种"好人"的形象，从对方那里获取更多的好感。这大概是每个人或多或少都会有的烦恼。

但对于那些能够轻易看穿你的伪装的人来说，他们会觉得，"这人明明不想去，却还要答应下来，真是个随便的人"。因此这样做不仅会让你在他们眼中的形象大打折扣，还会伤了他们的心。再者，虽然撒谎会让自己良心不安，但违心地答应别人又会让自己痛苦。

就让我们放弃"好人"的伪装，直截了当地拒绝自己不想做的事吧！在与人相处的过程中，这样做也更有益于维持一种健康的人际关系。

005 犹豫不决是心灵的损失

即便是决定和朋友见面的地点这种小事，也常常会扰乱我们的心绪，让我们变得犹豫不决。我也时常有这种优柔寡断的情况，在想着"到底去哪儿好"的时候，不知不觉就过了十五分钟。这还真是糟糕呢！

让我们来看看下面这种心理活动："上次是我去他那边，这次总该他过来了吧！""不不，等等！如果是他过来的话，那我就必须尽地主之谊招待他了。这样太累了，还是选个我俩中间的距离吧！""但是如果选中间的话，我又不知道那附近有什么可以落脚的地方，他会不会觉得我没有品位呢？""那……不如还是让他过来吧！""哎，不行不行……"

人为什么会像这样思前想后，心绪不宁呢？这是因为我们总想要衡量利弊后得出一个最佳的方案。但问题是，在我们陷入思索泥沼的同时，心力也会受到损耗，让整个人变得疲惫不堪。

纠结"到底哪个好"这件事本身，对心灵就是有损耗的。这个道理，每个人都或多或少地明白一点儿。也许正是因为如此，谁都不喜欢面对选项过多的情况。比如说，有十几种口味的商品，和只有两三种口味的商品，显然是后者更容易选择，也往往更受顾客青睐。

虽然话是这么说，但优柔寡断的我们还是很容易陷入迷惑的泥沼。在感到迷茫的时候，我们才更应该清楚地认识到，在让我们纠结的这些选项中，并没有哪一项是绝对优于其他选项的。即是说，就算我们选出了"更好"的那一项，其实它和其他的选项也没什么本质差别。

"为了一点小小的利益，而让这种微不足道的欲望把心弄得一团糟，这样的自己真是太狭隘了！"在认识到这一点的基础上，我们应该学会迅速做出决定。即便选出来的不是"最优"，也没什么大不了。

006 对他人的反复无常多些宽容

在上一篇文章中，我们讲到，人之所以遇事会犹豫不决，是因为我们总想选出更优的解决方案，哪怕这种优势并不明显。社会上这样的事也屡见不鲜。"虽然我认为这种方案比较好，但要是被批评的话就得不偿失了，还是改成那种方案吧！"政治家们也常常因为频繁转变立场，而受到社会更为严苛的抨击。

再来看看恋爱中的场景："这个周末我想跟你一起去旅行，你别安排其他的事哦！"明明是自己主动发出的邀请，但到了那天又有了更想做的事，于是在关键时刻取消行程，让对方又伤又恼。

或是，以前觉得 A 比较好，现在又觉得 B 更好，于是就瞬间转变了态度……这样做必然会让别人觉得你不值得信任。

另外，当今社会也出现了这样的风气：每当别人改变态度的时候，有人就兴冲冲地指责对方"又变来变去的！""骗子！"。在我看来，你又有什么样的资格去数落别人呢？

为什么我们会这样，想要对他人的反复无常加以抨击呢？这大概是因为我们每每看到政治家们陷入"哪种决断对我更有利"的烦恼之中，就气不打一处来吧。

但问题是，人类这种生物，并不是在被敲打之后就能醒悟的，也不会因此而巧妙地改善目前的状况。反而是心灵的一部分因受到责难变得苦闷，总想寻求解脱的出口，因此变得徘徊不定，惊慌失措。

不仅如此，心胸狭窄的我们，对于他人的反复无常，总是无法原谅。而且常常因为生气，让心灵陷入混乱的困境。"他人的内心本就是诸行无常，改变主意也很正常。"如果能这样想的话，大约就会变得更为宽容。这样一来，在守护自己内心的同时，也能从长远角度出发，去守护他人（也包括转换立场的政治家们）的。

007 越想要被理解，越是不被理解

我曾举办过一场讲座，向市民们讲解佛教知识。在讲座上，我曾说道："想要得到他人的理解和认可，是我们每个人都拥有的烦恼。"

在讲座之后的答疑环节上，某位在场的男性听众提出了这样的问题："我从小就没期待过父母的认可，也不需要谁的理解，我不是这种娇气的人。对于这种情况，您怎么看呢？"

仔细想想，这样的言论也有其可爱之处。为什么这样说呢？因为很明显，这位男性听众之所以做出这样的发言，不正是想让在场的其他人理解他"不是这种娇气的人"吗？

由此可见，这种想要别人理解自己的欲望，在我们的心中是多么根深蒂固。这下您应该明白了吧？

确实，对于我们人来说，如果别人能够很好地理解自己，我们就会认为自己被别人所接受，会产生一种心安的感觉。

然而讽刺的是，这种欲望越是强烈，我们就越会变得以自我为中心，甚至变得喋喋不休，惹人厌烦。加之，如果对方无法完完全全地理解自己，我们就总是不能感到称心如意。这样一来，即使别人想要理解你，试着来问："那件事，我可以这样理解吗？"你也会给出否定的回答："不，才不是这样！"结果反而让对方更加不快。对于这类情况，我虽然已经比较注意了，但有时还是会不小心给出否定的回答，让对方吃不消。

这样做的结果就是，我们不仅无法得到他人的认可，而且还会让人避之不及。反之，如果我们不再强求他人的理解，少说一些废话，反而更容易得到他人的认可。

008 想要借互联网增加联系，是想被理解

　　许多人认为自己使用互联网是为了"增强与他人的联系"，而在这其中，也混入了渴望被人理解的深层烦恼。

　　现今的互联网中充斥着大量的言论，有日记，也有只言片语的牢骚，甚至还在网络上批判别人、讲别人坏话的帖子。这些以文字为媒介的语言与传统的个人日记最大的区别在于，它们是为了让别人看见而存在的。人们希望通过日记或是零星的几句话，传达出"我是这样的人"的信号，并希望被他人所理解。这样说来，谁不是挣扎在寂寞之中呢？

　　比如，我们也许会写下这样的话："今天是我的生日，和朋友一起在赤坂的酒店庆祝，吃了法式料理。"后面再附上一张礼物的照片。为什么会想要写下这些话呢？这是因为我们都有这样的心理："大家都很重视我，为我庆祝生日，还给我送了礼物。真想让你们知道，我

是如此与众不同！"

同理，在网络上说别人的坏话，也是为了让更多人看见并给予反馈。通过这些，让别人知道"我可以游刃有余地批判他人"。因此，如果写下的话没有人看，或是没能收到别人的反馈，大概自己也会觉得无趣，不想再发言了吧。

网络几乎覆盖了整个现代社会。而在网络所创造出的巨大的信息空间中，又充斥着各种渴求被理解的孤独的文字。

从前，日记是不让别人看的。也正因为如此，它才能成为心灵的避难所，使我们回归孤独，得到片刻的喘息。而如今，我们却将日记暴露在他人的视线中，并借此发出渴望被理解的呼唤，从而使心灵陷入困局。为什么会变成这样呢？大概是由于我们想要隐晦地表达自己的欲望吧！

009 "我之前也说过"的潜台词是"请尊重我"

"我之前也说过啊。""要我说几次你才能明白？"

潜藏在这些话之中，并不断扰乱我们内心平静的，其实就是想要被理解的烦恼。

我们时常会这样训斥吵闹的孩子："吵什么吵！没看到我在工作吗？下次再这样我可就真的要发火了！"即便如此，第二天小孩再吵闹起来，大部分父母只会比前一次更加烦躁。

这其实是父母依赖孩子的一种表现："我不希望你太吵，你如果明白这一点，并尊重我的感受的话，就应该安安静静地待着。"

即是说，当我们感到对方不理解自己、不尊重自己的感受时，就会产生愤怒的情绪，进而抛出"要我说几次你才明白"这样的话。

当我们被这种负面情绪所支配的时候，不妨静下心来反省一下："我，也是想要孩子更多地关注一下作为父母的自己。但这种依赖的心情，孩子还小，大概确实不能理解吧！"

再来看看其他的例子。面对合伙人，我们也会有想要发牢骚的时候："我之前就说过，如果你要迟到，至少先给我发个短信啊！"这其中隐含的潜台词其实是："我这人要是收不到短信，就挺着急的。你也理解理解我，尊重一下我的感受啊！"

但如果冲对方发一顿脾气，反而会收到相反的效果——俩人大吵一架。首先还是应该认清自己内心的想法，让心情平静下来："我竟然也像小孩子一样想要被别人尊重，还真是个寂寞的人呢！"

010 即便没有立刻收到回信，也不要着急

　　有对情侣正为分手的事僵持不下。男生想要重归于好，给女生发了短信，却一直没收到回复。焦躁不安的他等不下去了，于是又给女生发了一条短信催促说："你要是读了之前发的短信的话，至少也给我回个信啊！"然而，这样的行为只能起到相反的效果，让对方感到更加厌烦。

　　我们为什么会做出这样丢脸的事呢？在这种催促行为的背后，驱使我们的烦恼又是什么呢？就让我们来分析一下吧。许多人心里其实是这样想的："我付出了精力来联系别人，对方要是体谅我的这份付出，就应该给我回个信。要不然，岂不就成了只有我一个人在付出，这多不公平啊！"萦绕我们心头的，正是这样一种强迫观念，认为任何事都要讲求公平，若非如此，我们就会心生波澜。如果要给这种强迫观念取个名字，那无疑就是"正义（justice）感"。这种"正义感"也是我们的

烦恼之一。词干中的"just"指的正是天平的平衡。我们都知道,人的大脑也是这样,如果不能保持适当的平衡,就会因为不协调而烦躁不安。

这样一来,我们之所以会因为没有立马收到答复就变得惴惴不安,跟踪狂之所以会怀有"我如此深爱着你,你怎么能不回应我呢"的幻想,就可以得到解释了。这皆是所谓的"正义感"在作祟,认为世间万物都应如天平一般,始终保持着平衡。

自己一厢情愿地认为是理所当然的事,只是脑中的天平失衡而产生的不协调的结果。我们在学校所学到的"公平"只不过是一种天真的妄想,不公平才是这个世界的常态。我们理应睁大眼睛,认清这一严肃的现实。

如果人们能够摒弃"给我回信才是公平的"这种饱含正义的妄想,就能从容不迫地学会等待。等待也是一种能力,既能使自己保持优雅,又可以给对方足够的思考空间,对双方都是有益处的。

011 "正义之怒"的真面目是复仇之心

我在前文中提到过，正义感是我们的烦恼之一。接下来，我们将对这一点进行进一步的探讨。

让我们来设想一下，假如有位朋友曾经背叛过你，并借此获利，在社会上取得了一定的成就。如果哪天你听说这位朋友又遭遇了不幸，跌入人生低谷，你大概会想："真是大快人心啊！活该！"换句话说，我们总是希望自己受到的伤害，别人能加倍偿还，否则就觉得心理不平衡。受到这种"正义感"的影响，我们常常感到焦躁不安。

再举个例子。如果别人突然对你说了让你不高兴的话，比如："你怎么连这么简单的事都不明白？"你是否会感到自己受到了伤害，如果不反过去伤害别人，就心理不平衡呢？这也是所谓的"正义感"在作祟。

如果对方是家人，那我们便无须顾虑，可能立马就会回一句伤害对方的话，以让自己感到平衡。比如来一句："你这人才是，说话能不能别那么难听？"

　　但如果对方是上司或是辈分比自己高的人，我们可能就没法顶嘴，只能暂时忍着。但虽说是忍下了，心里却还惦记着这事，怒火也始终无法平息："可恶，竟然说话这么难听，今后让你好看！"由于现实中无法对对方施行报复，实现所谓的"正义"，我们便转而在脑海中虚构打击对方的画面，以获取内心的平衡。

　　这种"正义的怒火"正是使我们变得僵硬、变得钻牛角尖的罪魁祸首。要是能意识到这一点，我们就能摆脱脑海中"报复"的假想，获得心灵的自由。

012 即使正义的大旗，也无法掩饰小人的丑陋

　　若是要谈谈"正义"的危险之处，那些每天在网上大量流传的攻击性言论可就有用武之地了——只不过是作为反面教材而已。

　　政治家或是明星这样的公众人物，只要被曝出失言或是其他问题，就经常会在网络上引发"全民公审"的大骚乱。网民们蜂拥而至，对名人们进行严厉抨击。严重的时候，数以万计的发言甚至会同时产生连锁反应，在社会上造成巨大的影响。

　　你肯定在网上见过这样的言论，比如："这种人还活着干吗？去死吧！"或是："没想到他竟然能说出这种话，真是个人渣！"在现实中，我们是绝对不会当着别人的面讲出这种话的。然而在网络上，这样的言论却层出不穷。人们之所以会用这么难听的话骂人，可能是认为这样做能获得"大义"的美名："我这是站在正义

的一方，把坏人逼入绝境。"然而，这些辱骂别人的人，明明不是直接受害者，却聚众去攻击某一个人，其实只能算是一种霸凌行为。尽管如此，即使有的人想要通过霸凌使自己感到痛快，但因此就去攻击一些毫无过错的人，从而使自己变成了真正的恶人，他们也是不愿意的。

因此，在发现"恶"的时候，只要自己有了要当正义使者的想法，就会沉溺于欺凌别人所带来的快感之中而无法自拔。但等这短暂的快感过去之后，自己只会更加郁闷。由此开始，我们也许便会明白，"因为这种正义感，自己反而变成了丑陋的小人啊"，从而吸取教训，远离这些污染心灵的恶言恶语。

013 远离"犯错是不好的"这一思维陷阱

我们在试图纠正他人错误的时候，或多或少都会有点心里不舒服。

这篇文章也算是我对自己的一种告诫，所以就拿我自身的例子来谈谈吧。有位跟我关系不错的朋友，在说话的时候总喜欢加上"慢慢地（徐に）"这个词，但在他的语境中，似乎是把这个词当作了"突然地"或是"直截了当地"来使用。

一开始的时候，我想着"这个词不是'慢慢地'的意思吗，他是用错了吧"。之后又特意跑去纠正他："'徐に'中的'徐'是'徐に'的'徐'，所以这个词应该是'慢慢地'的意思哦！"

然而，这位朋友仅仅是说了句"啊，原来是这样啊"表示赞同，之后却完全没有要纠正的意思，还总是说：

"啊？怎么这样！真是太突然（徐に）了！"

这种情况下，我心里就有点不舒服，想着："亏我还特意纠正他，他竟然还是用错了！"当我注意到自己还想去纠正这位朋友，告诉他"都说你这用错了！"的时候，我便明白了，我的心灵长久以来都被"犯错是不好的"这种惯性思维所占据了。

从脑神经细胞的连结来看的话，如果首先有了"A和B是连结在一起的"这种形式的回路，随后给大脑增加"A=C"的信息，人的神经回路大概就会被扰乱，从而产生痛苦吧。

如果掉入这种神经回路的陷阱之中，我们就会觉得"自己是对的，别人是错的"，心里始终有个疙瘩，也无法享受新的信息带给我们的乐趣。正是注意到了这一点，我才最终决定放弃纠正我的朋友，并换了一种思考方式："这样使用'徐に'还挺新鲜的呢！"

014 自己心情不好的时候，更要宽以待人

我们常常无意识地将"我是对的，你是错的"这一思想强加给他人。而这一所谓的"正确"，让自己和他人都痛苦不堪。关于这一点，我在前文中已经分析过了。

我们人类是比较笨拙的生物，有时虽然想着要理解别人，却一不小心否定了对方，让自己也不好受。

比如，你本来打算听听合作伙伴的烦恼，却说出了"是啊，我之前就想说了，你不把这点改掉是不行的"这样的话。这正是抓住了对方的弱点，借机夸耀"我是正确的，你是错误的"。

在这种情况下，对方便会觉得自己不仅没有得到理解，而且被你强加了所谓"正确"的价值观，心里肯定很不舒服。

这样一来，气氛也会变得僵硬。双方心情都不好，也没办法再说出温柔的话语，露出柔和的表情，做出温暖的行动了。所以，这里的问题就在于，一旦自己的表情和行为都变得僵硬，内心就会认为"我的表情和行为会变得僵硬，意味着眼前这个人不是我的同伴"。也就是说，我们的不快会经由心灵传达给言行，在言行表现出来之后，再由心灵接收，从而使心情变得更加糟糕——如此，便是一个恶性循环的过程。

如果想要打破这种恶性循环，我们就得克服这种不悦的情绪，学会善待他人。比如问问对方："你要热可可吗？"并给对方的杯子满上。这样，内心便会做出"我善待了他，那他肯定是我的同伴了"的判断，从而变得更加宁和。

这便意味着，如果我们能对别人好点，不仅能使他人获得内心的平静，在此之前，我们还能使自己的心灵更加柔和。

015 别因自己不被重视而生气

　　如果一个月之前就和人约好了见面，却突然被对方以"抱歉，今天我要收快递"的理由放了鸽子，你会怎么想呢？

　　我曾拜读过漫画家久米田康治先生的一部漫画，对于这种情况，他在卷末语中自虐般地写下了一句话："和我做的约定，还真是怎样都行啊！"

　　在被别人放鸽子的时候，你是不是也会感到心里像被针扎了般难受呢？这次，就让我们来分析一下这种心理吧。说实话，我记得我也曾被朋友以"我要等行李"为由放过鸽子。那时我心里也是完全无法接受，不满地想："什么？这种理由也行！！"

　　为什么不能接受这样的理由呢？仔细想想就会明白，这是因为我们觉得"自己在别人心里的重要程度还比不上一个快递"。其实就是自尊心在作祟。

那么，如果对方放鸽子是因为临时有重要的工作，我们又会怎么想呢？可能大多数人在发现"自己没有工作重要"以后，虽然会有些不满，但还是会体谅对方，心想："如果是工作的话，那也是没办法的事！"但如果是自尊心比较强的人，可能会希望对方能把自己看得比工作重要，一旦发现自己的重要程度不如工作，就会觉得难以忍受，内心也变得烦躁起来。

隐藏在这烦躁心情背后的，其实是这样一种幼稚的想法："啊，我明明比快递和工作更有存在的价值啊！"这种话肯定是不好意思当面说出来的。如果能自己意识到这种羞耻感，就会如醍醐灌顶般突然醒悟，心中的不满也会随之消散了。假如自己被快递和工作比下去了，还能保持内心平静的话，可以称得上是贤人了吧。哎呀，但我还没能成为贤人呢！

016 坦率使心境更为开阔

在前一篇文章中我们谈到，如果在约会前突然被放了鸽子，对方的理由还是"等快递"这种小事，大多数人都会生气。在生气的时候，心里肯定会责怪对方："为了这点小事就放我鸽子，这人真是有病！"

但在这种看似合情合理的想法背后，还隐藏着另一层让人难为情的、不想为他人所知的想法：如果发现自己的重要程度还不及这点小事，发现自己没有得到应有的尊重，就会觉得很不甘心。

我们在前面也讲到了，如果能够认识到自己真正的想法，并坦然面对这份羞耻之心，心灵就能得到平静。而在本文中将要探讨的是，我们到底是从什么时候开始将这种难为情的想法隐藏起来，还为它披上道貌岸然的伪装，把自己都骗过了呢？

"啊，你也尊重一下我啊！"像这种想法，大家小时候都有过吧。但是，大多都被周围的大人否定过，或是被当作傻瓜嘲笑过："你都几年级了啊，怎么还这么幼稚！"

久而久之，我们就会无意识地想要将自己真实的想法隐藏起来，为它披上道貌岸然的伪装，使其变得更容易为大众所接受。就拿被放鸽子这件事来说，如果我们从道德的制高点出发，指责别人是"没有常识的人"，就能为自己创造一个正面形象。这样，自己不仅能获得道义上的支持，而且还能或多或少地给别人以直言不讳的印象。

然而，这种做法也很容易让心灵陷入狂乱的境地。比如有时候"其实是想哭的，却发火了"，或是"其实很难受，却坚信自己很有精神"。在这种情况下，连我们自己都搞不清楚自己真实的感受了。反之，如果我们能坦率地承认隐藏在内心深处的那些难为情的想法，或许能让自己活得轻松自在些。

017 学会在行动上善待对方

前面我们讲过,在双方关系紧张的时候,如果能够善待对方,比如问问"要不要来杯热可可",就能在对方冷静下来之前,先让自己的内心平静下来。

在这种情况下,心里虽然仍认为双方的关系是僵硬的,但行动上却向对方传达出了善意。大脑在处理这种矛盾信息的时候,就会产生混乱。既想要解决这一混乱的状况,又无法改变已经传达出善意的事实,大脑就会强行改变内心的情感,使其与既定的事实相一致。在内心平静下来之后,大脑便认定行动和心理已经得到了统一,从而使混乱得到解决。

在向对方释放出友善的信号之后,短时间内双方的关系可能还会僵持不下。但在无意识中,心理已经受到行为的影响而发生改变,强行使得别扭的情绪一点点消失。

接收到善意信号的那一方，即使最初拉不下脸去改变两人的关系，想着“就这样僵持着吧”，在接收到信号之后，也很难再继续闹别扭了。因为如果要继续维持这种僵硬的关系,就会使得“被温柔相待”这一事实与“把对方看作敌人”这一心理互相矛盾,从而使大脑产生混乱。

我们小时候肯定也和父母闹过别扭，也有想对他们说“都说了我不需要”的时候吧。这都是由自尊引发的烦恼。吵架的时候，我们心里大概觉得，“要是他们对我好点儿我就跟他们和好，简直就像是被收买了似的，这也太㞞了吧”。然而，无论是多么顽固的人，无论是多么想要坚持跟父母对抗到底的人，也无法战胜自己的大脑，最终都会屈服在大脑使信息协调的强大作用力之下。你会发现，自己在不知不觉中心就软了下来，想要找个机会跟他们说声“对不起”。

在面对“善待了他人”或是“攻击了他人”这样的既定事实的时候，我们一定会先改变自己的情感，再决定外在的言行，以达到心理和行动的统一。这样一来，我们就能够做到三思而后行了吧。

018 呵斥别人会让自己更为不快

我在前面讲到，我们的心情会受到自身言行的影响而发生变化。比如，面对"生气"这种心情的变化，作为身体一部分的表情肌就会产生抽搐反应。内心感受到身体的这种变化，就会认为"我的身体正处于紧绷状态……这种时候就应该生气吧"，从而变得更加不快。

这种由身体向心灵传递的影响，我们称为"飞镖效应"。由此可见，上司或父母责备下属或子女，也是件伤敌一千、自损八百的事。

比如我们语气不善地对别人说："这里很脏，把它弄干净点儿。"在说了这样的话之后，我们的心情肯定会比说之前还要糟糕。在此过程之中，我们便会经历如下的"飞镖效应"：①看见污渍让人不悦→②不悦表现在言行上并警告他人→③大脑产生"由此看来，对方不是我的同伴"的错误判断，进而产生紧张感→④心情变得更加糟糕。

就像石头投在水面上漾起波纹一般，言行总会对接下来的心理状态产生影响。佛教中称这种现象为"业"。

也许正因为如此，即便在我们不得不警告部下或子女的时候，也要尽量采取温和的方式，将表情和声音放缓，在充分考虑对方感受的前提下做出行动，以避免恶"业"带来的飞镖效应。

由此看来，女生们动不动就喜欢互换礼物也不是没有道理的。

女生之间的关系总是更加错综复杂，稍不留神就容易陷入敌对。也许正因为如此，她们才想要通过互赠礼物，来让心灵产生"她是我的同伴，我们的关系可以缓和"的判断，以积累细小的善业。

019 别被大脑所糊弄而故意树敌

"这个人是敌人还是朋友呢？"遇到别人时，我们总会在脑海里做出这样的敌友区分，但这种区分其实是很粗略的。

为什么说这种区分是粗略的呢？接下来，我就把我暂且想到的证据一一列出来。比如，女性如果对恋人说，"你今天皮肤状态看起来不怎么好呢"，虽然是出于关心，却会让对方觉得不大高兴。这就是大脑的过度防卫机能在作祟，它使我们做出了这样的判断："这人指出了我不好的一面，可能是我的敌人。"

再比如，你向对方表示了善意和热情，却遭到了婉拒，这时候心里总归会有点儿不舒服。别人如果对你说"您的好意我心领了"，你就会感到自己像是被拒绝了，情绪也一下子变得低落了。这也是由"不接受我的好意的人可能就是我的敌人"这种无意识的判断导致的。

人的脑袋就是这样，明明可以开开心心的，却硬要去找出一个根本不存在的敌人，让自己备感压力。说到底，人也是动物的一种，时刻感知周围的敌人并保护自己是我们的本能。不凑巧的是，这种本能也许过于发达。

　　真希望我们能把这个道理谨记于心！这样，每当我们情绪濒临失控的时候，只要在心里默念几遍，"这只是大脑错把对方当成了敌人，这只是大脑的错觉"，就能重获内心的平静。反之，对于那些怀着目的来接近我们的人，比如销售人员，我们本应对他们心怀戒备，却因为他们亲切的态度，或是对我们用了"老板""老师"这种恭敬的称谓，就轻易地卸下防备。真希望我们在这种时候能保持理智的判断，认识到这不过是大脑的机能在作祟：对于那些让我们感觉良好的人，大脑总是倾向于将他们划入自己的阵营。有时候，让心灵回归平静，意识到"把对方当成朋友只是大脑的错觉"，以抵挡糖衣炮弹的攻击，也是很有必要的。

020 因为太想得到认可，才连话都说不清楚

要让在你面前正夸夸其谈的人一下子蔫儿下来，其实并不需要对他进行言语上的攻击。我们只需要不停地看时间，或是不耐烦地打哈欠、左顾右盼；带了手机的人还可以做出看短信的样子……

只需要做出这些小动作，就能在对方的心中掀起无名的波澜，让他们连话都说不清楚。人啊，只要从对方那里接收到了"他没在听"的信号，就会突然变得笨拙起来，出口的话语也会变得很生硬。

说起来，我们都是胆小鬼。只要发现对方并没有倾听自己的意愿、承认自己的存在，就会像失去了保护，难以心安，连话也说不好了。

正因为如此，世上才会存在诸多约定俗成的社交礼仪。比如在跟别人说话的时候，要看着对方的眼睛；或

是要学会附和别人，点头示意。这些也是我们这些胆小鬼之间相互保护的措施吧。

我们会发现，有经验的采访者在采访名人的时候，总是会略带夸张地应声附和："没错！""就是这样！"这也是因为他们心里明白，如果不能满足对方的这种承认欲——也可以说是自爱欲——就会让对方不快，更别想深挖对方的心里话了。

正是因为有着这种想要得到别人认可的自爱欲，我们在和别人讲话的时候，大多心里在想："你最好什么意见也别发表，就点点头附和我就行了。"

同理，就算是别人给出了宝贵的意见，我们也会觉得他并没有真正理解自己，从而很容易感到不快。那么，要怎么才能根治这种"背后胆小症"呢？让我们在下篇文章里探讨吧！

021 倾听自己的声音，以获得内心的平静

我们都希望别人能够无条件地理解自己，倾听自己。这种想要被他人理解与认可的欲望过于强烈，导致大家在交谈的时候都不愿意听对方讲，而只想让别人听自己讲……

这是我在上篇文章中所谈到的现代社会的一种悲剧。但如果一味地让对方附和自己，说些"嗯嗯，这样啊"的话，自己也会感到无趣吧，还显得对方像个回答机器似的。

要真是这样的话，总是被迫倾听的那一方也会有种被利用了的感觉，变得焦躁不安，心也渐渐离你越来越远。

无论是想找别人商量也好，想发牢骚也好，还是想向别人炫耀也好，为什么我们会如此想要得到他人的倾听和理解呢？这是因为我们自己无法倾听自己内心的声音。也就是说，我们无法建立与自身的联系，因此感到

寂寞。

比如，我们会向别人抱怨某家店的店员："明明是他把单下错了，没主动承认就算了，连个道歉都没有！"这种情况下，我们期望收到的回答应该是："这样啊，真是过分呢，你真可怜！"但就算没有别人的理解，我们也可以自己理解自己，对自己说："嗯，他没道歉，所以是有点不好呢！"这样，我们的心情也能得到平复。

伤心的时候，就自己安慰自己说："原来你是为了这个在伤心呀！"生气的时候，就自己理解自己说："原来你是因为这个在生气呀！"

像这样，我们就能先自己倾听自己，自己理解自己。这在佛教中也是很重要的一种修行。如此一来，复杂的心情便能得以平复，心灵也会重获安宁。

第二章 不要轻易动怒

022 审视一下自己怒火的"沸点"

"哐当"——孩子把椅子弄倒了。母亲反射性地暴怒，并严厉地斥责孩子："又是这样！这点小事都做不好！不知道这样很危险吗？你可让我省点心吧！"生活中像这样的例子还有很多。在教育孩子的过程中，如果孩子没能达到母亲的期望，她们就很容易生气。

仔细想来，如果我们因为自己的能力不够而惹得他人不快，就会觉得自己像是被全盘否定了一般，简直没有比这更让人难过的事了。反之，如果因为自己的欲望或者恶意惹得别人生气——比如自己被欲望冲昏了头，跑去偷了店里的糖果；或是嫉妒优秀的朋友，让自己的内心困苦不堪——那么我们便会觉得，别人生气也情有可原。

然而，每个人生来就有些缺点的，比如缺乏计划，笨手笨脚，做事慢吞吞……若不是因为自己的恶意，而是因为这种自己无法改变的性格缺陷惹得别人生气，那么，我们便会觉得自己这个人被别人否定了，内心便苦闷不堪。

像这样的事，已经不单单是孩子们片面的想法。父母对孩子的精神攻击，已经成了一种严峻的现实。为什么会变成这样呢？因为父母们的支配欲过于强烈，希望孩子能够按照自己的设想，改掉那些坏毛病。当父母们不得不一次又一次地面对孩子们未曾改变的缺点时，他们的美好设想破灭了，破碎的期望便转变成了怒火。

以此为例，我们是不是也该审视一下自己怒火的"沸点"呢？如果你存在"无知"的烦恼，也就是说，你认为周围人的无能和笨拙是不可原谅的，那么，你怒火的"沸点"可能就跟富士山上的热水差不多（富士山气压低，水很容易沸腾），有点过低了。如果你对于周围人的无能能够一笑置之，却不能原谅他们因恶意而犯下的错，那么，你的怒火的沸点维持在了平均水平。

023 别为他人的愚蠢而生气

我在上一篇文章中讲到，有人怒火的"沸点"很低，即使是他人非恶意的错误，也斤斤计较，大发脾气。这种人常常一点就着，很容易陷入心灵的困境。

这也是对别人的缺点过于敏感的结果。要是把"缺点"说成是"烦恼"的话，大多数时候，我们都是因为发现了对方的贪婪、攻击性、愚蠢或是无能，而心生怒火。

愚蠢也是心灵混乱的一种表现。它有时会让人疏于防备，造成失败的结局；有时也会让人做出失礼的事。但我们时常认为，如果做错事的人并不具有攻击性，或是心中并无贪欲，那么做错了也是"没办法的事"。我们将这种重视内心动机而不问结果的思考方式称为"心情逻辑"。

与此相对的是"责任逻辑"，它认为即使动机不坏，只要造成了失败的结果，就应该受到惩罚。

　　我们并不是要讨论到底哪种逻辑是正确的，只是想指出，基于责任逻辑对他人做出评价的人，更容易陷入心灵的困境。比如说，有的子女或部下会因为无能或愚蠢而犯错，其实并无恶意。如果我们这样也要大发脾气的话，那该生气的事儿可就太多了，心灵也无法得到休息。因为人总归是会犯错的生物。

　　不知道该说是幸还是不幸，我以前也有迷糊的时候，不是落下东西，就是搞错约定的时间，因而经常惹别人生气。其实，为别人的愚蠢而生气是不值得的，只会让自己感到身心疲惫罢了。从我的角度出发，我也希望别人能够认识到这一点，并对我宽容一些（笑）。

024 "你不这么做也行"其实是"我想你这么做"

"不用了不用了，你不做也没事儿，自己就够忙的了！"这种话，乍一看像是对方的客气之言，却在不经意间就让听话者陷入了一种尴尬的境地，让人不得不直面一个解不开的言语谜团。说话者到底想表达什么意思呢？是真的觉得"不做也没事儿"，还是希望对方能把手边要紧的事推一推，对自己说句"不不，这是我应该做的"？人的心思可真是难猜！

但这时，听话者要是顺着这话再回一句"那好吧，我就先不做了"，说话者的脸肯定立马就沉下来了。由此我们可以判断出，"不做也没事儿"是假话，这其实是在向听话者暗示"希望你能为我这么做"。

这种例子要举多少就有多少。比如，对拍档说"要是你忙的话，不去也行啊"（暗示：就算你忙，但为了我，你也应该说"不不，我们肯定要一起去啊"）。

或者，要是孩子对父母说"行啦，我不需要这个"（暗示：即使我说了"我不需要"，但要是你硬要买给我的话，我就勉为其难地收下吧）。

或者，恋人的手机突然响了，你问："有短信呢，你不看吗？"（暗示：你应该珍惜与我在一起的时间，回答我说"不着急，等会儿再看"）

哎呀，类似的例子真是数不胜数。生活中充满了这样的暗示，如果不能准确地理解对方的意思，就很容易惹得对方不高兴。这真是太可怕了，阿弥陀佛！换个角度来看，我们自己可能也有这种情况：在不知不觉中就发出了这种暗号，对方却没能准确地解读，让自己憋着生闷气。真希望我们都能舍弃拐弯抹角的说话方式，将内心的想法坦率地表达出来。这样，我们便能从"你猜我猜"的烦恼之中解脱了。

025 "你够了"背后隐藏的玄机

"够了，你们要是这么不想做的话就别做了。你们要想离开这个项目的话，我也没意见。"要是遇到这种上司朝你发火的情况，你肯定不能回他说："好，那我就不做了！"这岂不是更惹恼了他。

在上司心里，正确的回应应当是："不，我绝对没有这种想法。请再给我一次机会吧！""你退出我也没意见"其实是一种以退为进的暗示，希望对方听了之后能够反过来求自己"务必再给一次机会"。

呵斥一声"够了"，也只是希望别人能够理解其中的深层次意思。通过这种迂回的说话方式来使对方臣服，真是有点孩子气呢。

我们为什么会习惯于用这种暗号来处事呢？大概是因为从小时候开始，我们就对朋友和父母这样使过性子，并且得到了他们的包容。从而，这种记忆就作为一种"业"，在我们的性格中定型了。

举了这么多例子，有的人也许会觉得，"我才不会做出这种幼稚的事儿呢"。乍一看，他确实是个风度翩翩的君子，但事实上，我们心中都藏着幼稚的一面，也会用这种迂回的暗示去挟持别人。

想要别人解读自己的暗示，还想让别人对自己屈服，并说出"不，请务必让我参加"这种话。这种独断专行的处事方式，可以给人以支配他人的快感和"全能"的错觉。这样一来，在脑海中确实是获得了满足，但在现实中却会失去他人的尊敬（虽然表面上还是会装作尊敬你的样子），让别人觉得你"真是个自以为是的人"。

讲了这么多，以后每次想要说"够了"，想要向别人发出这种任性的暗号的时候，都先找找自己的原因吧。想想是不是"想要让别人难受"这种幼稚的心理又发作了。

026 发脾气是对他人缺陷的连锁反应

"这简直不可原谅。气死我了！"

我们会因为各种事对别人发脾气，让自己的心灵陷入混乱之中。那么，到底是对方的哪一点让我们觉得不可原谅呢？仔细想来，答案应该是对方的"缺陷"这一点。

当你觉得"他絮絮叨叨的真烦人"的时候，其实是认为对方的"愤怒"这一缺陷不可原谅；当你觉得"那些搞政治的、当官的老是中饱私囊，真让人讨厌"的时候，其实是认为对方的"欲望"这一缺陷不可原谅；当你觉得"这人性子慢吞吞的，总是一事无成，真让人生气"的时候，其实是认为对方的"愚蠢"这一缺陷不可原谅。以上所列举的愤怒、欲望、愚蠢这三种缺陷，正是佛教中分析人心的三种基本要素。

在了解了这些以后，我们便能知道，发脾气其实是对他人的愤怒、欲望以及愚蠢的连锁反应。因为我们能够敏感地察觉到他人的这些缺陷，所以会毫不留情地用生气的方式以牙还牙。

要是我们被别人警告了，就会着急地想要辩解。这是因为我们察觉到了警告者的愤怒和攻击性。要是我们被别人背叛或欺骗了，就会感到生气。这是因为我们察觉到了他人把自己的欲望放在了比我们更重要的位置。要是别人失败了，我们也会觉得不可原谅。这是因为我们察觉到了别人愚蠢的一面。

所以我希望，每当我们觉得别人不可原谅、想要冲人发脾气的时候，都能够意识到这是连锁反应的结果。劝自己"啊，我原来是看别人生气，所以自己也生起气来了呀"，或是"我原来是因为别人欲望太强烈而感到不舒服啊"，或是"原来我是因为他的愚蠢而生气呀"。如果我们能够像这样找出事情的因果关系，就能够使心灵平静下来。

027 认识到缺陷的连锁反应，就能平复心情

我在上一篇文章中提到，人之所以会对别人发脾气，是因为察觉到了别人的愤怒（攻击性）、欲望（掠夺性）、愚蠢（无能性）这三种缺陷。我们讨厌被迫面对别人的糟心事儿，所以才焦躁不安。这样看来，别人的缺陷和我们的缺陷发生连锁反应，如此才引发了我们的愤怒。

在这三种生气的原因之中，最容易理解的应该是"因为别人生气而生气"这一点。通常，我们在受到批判或者攻击的时候，因为感到自己的生命受到了威胁，身体里的动物防卫本能便会自发启动，其表现就是发脾气。

第二容易理解的应该是欲望吧。别人的欲望越强烈，我们所能得到的份额就越少。比如，当别人把"炫耀"这种欲望摆在你面前，对你夸夸其谈的时候，你就会觉得自己的自尊心受到了掠夺，心里很不高兴。但这其实并没有对你造成什么实质性的伤害。

那么，当他人因愚蠢而犯错时，我们为什么会生气呢？我们可能因此承受一些损失，但相比前两种情况，这些损失肯定要小得多。

以上情况都可以成为我们每天"生气倾向"的测量标准。如果你是那种受到别人的攻击就会生气的人，那么"生气倾向"计1分。如果别人的欲望并不会对你造成实质性的伤害，你却觉得不可容忍，想着"今天不知怎么的，总觉得拍档那自说自话的样子有点讨厌"，那么给你的"生气倾向"计2分。连感谢都不会，只是抱怨别人，认为"这人虽然帮了我，但却没按我说的做"，这种会因别人的愚蠢而发火的人，"生气倾向"计3分。如果你并没有受到什么伤害，却总因为别人的缺陷而焦躁不安，建议你换个角度审视一下自己。比如想想自己为什么易怒？

028 "你不对我好我也……"的想法无意义

"最近你老放我鸽子，还一副满不在乎的样子，那我以后也不要对你好了。"

这种思维方式就是典型的"以眼还眼，以牙还牙"吧。人与人在相处的时候，最初都想给对方留个好印象，所以在人前总是温和有礼，事事守信。总而言之，就是尽量尊重对方。然而，一直努力讨好对方也是很辛苦的。所以，当双方的关系变得亲近，互相都习惯了彼此的存在以后，都渐渐地不再这样做了。

之前明明很守信，却渐渐开始放我鸽子；之前明明对我轻言细语，现在却再也听不到这样的话了。

这样一来，我们就会认为，对方"之前明明很尊重自己，现在这种尊重程度却下降了"。由于错把对方对待自己的态度当作自我价值判断的依据，当对方不再像从前一样尊重自己的时候，我们便会产生"他让我的价值降低了"的错觉，从而心生怨恨。

对方对自己的尊重和关心明明在减少，如果自己还像以前那样对他好，岂不是热脸贴冷屁股？于是我们会想"我也不要再像以前那样尊重你了，我也要让你的价值降低"，以此作为对对方的报复。

这样一来，对方确实会受到伤害。然而，对方也认为你让他的价值降低了，作为报复，又进一步减少了对你的关心和爱护。于是就形成了一个恶性循环。越是亲近的关系，就越容易陷入这种困局，因此更应多加注意。

029 接收好意，更要谨记"诸行无常"

"被上司表扬了，我觉得我的价值上升了""工作中出现了失败，我觉得我的价值下降了""爱人送我精心准备的礼物，我觉得我的价值上升了"……

这样看来，人类也不过是浅薄的生物，眼里只能看到自我价值的变化。这其中还藏着一个巨大的陷阱：我们觉得自己有价值是不够的，还要根据他人的行为，比如尊重、珍视，或是给予特殊待遇，才会真的相信自己是有价值的。

也就是说，我们之所以会依赖于他人的评价和态度，是因为想要提升自己的价值。

然而，就像上一篇文章中讲到的那样，他人的好意和关心并不是随时随地都能得到的，而是一种消耗品，会随着时间的流逝逐渐减少。

"之前明明表扬了我，最近却不认可我的表现了""他的短信最近越来越敷衍了"……一旦你有了这样的想法，之前因为别人的评价和关心提升了多少自我价值，现在就会转化为多少怨恨，认为是对方让自己的价值降低了。

如果接收到别人的好意，短时间内，我们也许会感受到由此带来的价值提升的喜悦。然而，由于这种好意在长期内是不断减少的，这就像给自己装了一个定时炸弹一样，一旦某天我们觉得自己的价值下降了，便会怒火中烧。

为了防止这种激烈的情绪波动，我们在接收到他人的善意时，不应被高兴冲昏了头，而应该秉持"诸行无常"的观念，认识到这种善意只是一时的，终有一天会消失。这样，我们便能放下心中的执念，获得内心的平静。

030 为什么长大后，仍会被父母的话语所困扰

"你这是什么奇奇怪怪的想法，就这样还拿去给别人说教呢？"最近，我的父母对我说了这样的话。当时我的火气一下就上来了。但压下怒火仔细想想，我便明白了：在这种情况下，我之所以会生气，表面上是觉得父母不尊重我，而更深层次的理由却是源于我自身的软弱。潜意识中，我认为父母的否定让我的存在受到了威胁。

我发现每每面对这种情况，自己总是绞尽脑汁想要反驳别人，诸如"我已经很努力地去做了""你有什么资格这样说我"之类。正因为害怕受到他人的否定，才会在被否定的时候怒火中烧，想着反驳回去。

作为一个普通人，谁也不会喜欢这种被人否定的感觉吧。即使这种否定并非来自父母，我们也会觉得难以忍受。然而我也常听人说，他们在被父母否定的时候才最容易发脾气。

在孩提时代，我们没有什么话语权，生活的方方面面都由父母支配着。一旦被父母否定，我们便会觉得自己的生存受到了威胁。长此以往，这种认知就被印刻在我们的灵魂深处。即便我们长大成人、脱离了父母的支配，内心却已经形成了这样的判断，认为"如果被他们否定，我的生存就会受到威胁"。故而，无论我们长到多少岁，只要从父母口中听到不好听的话，依然容易反应过度。

生活中这样的例子也屡见不鲜：父母稍微说几句，孩子就生气，最终导致双方大吵一架。在我们因为父母的几句话就生气的时候，应该让自己认识到，生气背后隐藏着的，是自己那瑟瑟发抖的、被父母束缚着的内心世界。如果能明白生气的根本原因，我们就能多些快乐了。

031 对家人的支配欲是不幸的根源

"我辛辛苦苦做好饭，叫了这么久也没人来吃，现在凉了吧！真是！"像这种对另一半或小孩发脾气的场景，在生活中真是随处可见。

人们之所以会为了这种事烦躁不已，正是由于他们有着强烈的支配欲，希望家人都能按照自己的想法来行动。严重点的可能还会变得歇斯底里。比如之前决定好了洗澡的时间和顺序，要是谁稍微晚了点，就会被抱怨："你还没去啊！""搞什么鬼？给我动作快点！"

重点是，即便是洗澡的时间出了点差错，也不会造成什么实质性的损失。时常为了这种小事纠缠不休，对心灵是百害而无一利的。结果就是，不单单自己心里不舒服，受到怒火波及的配偶和孩子也会把枪口转向你。比如，小孩可能就会粗暴地还击说："就算是洗澡这种小事，你也没有权利剥夺我的自由啊！老太婆！"继而引发一场家庭战争。

虽然这只是一个简单的例子，却映射出了家庭中精神权力斗争的一个侧面：父母拼命想要控制孩子的行为，而孩子也全力反抗，希望能守住自己的一片天地。

在家庭这个封闭的小世界里，我们很容易为了提升自己的价值而贬低他人。这样一来，无论是夫妻之间，还是父母与孩子之间，都很容易演变成争夺权力的敌对关系。

越是想要控制别人，就越容易卷入家庭的权力斗争之中，让大家都变得不幸。唔，家人也真是棘手的存在啊！

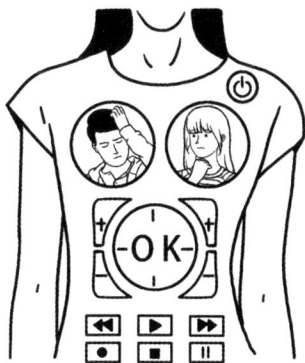

032 回避权力斗争：把"但是"憋在心里

我在前面一篇文章中讲到，家庭内部充满了家庭成员之间的权力斗争。

举一个简单的例子：婆媳之间有时会因为收拾房间的方法、碗筷的摆放方式而产生分歧。婆婆可能会对儿媳妇说："你还是把锅叠起来放吧。"儿媳妇却反驳说："但是，我觉得不叠起来会干得快点儿啊。"这种场合下，一个"但是"所包含的，已经不仅仅是锅的摆放问题了，而是对于婆婆支配欲的一种反抗。这样一来，场面就变得有些严峻了。

再来看一个例子。有的人喜欢干净利落，会定期把不需要的东西处理掉；而有的人习惯于勤俭节约，觉得把好好的东西扔了太可惜。要是这两种人组成了家庭，可就不得了了。在前一类人 A 的眼中，把不需要的东西扔掉，给家里腾出位置是明智的、理所当然的；而 B 却认为 A 的做法太浪费了，应该把不需要的东西收起来放着。

　　在生活中，如果 A 问 B "这个可以扔了吗"，B 可能不单单是回答一句"别扔"，还会生气地对 A 进行攻击："你这也扔，那也扔，不觉得很浪费吗？"或是："这又不是你一个人的东西，你凭什么把它扔了？" A 和 B 有着不同的价值观，并且都认为自己的想法才是理所当然的，所以老想把自己的价值观强加给对方。这样一来，双方就会因见解的不同而发生冲突。那么，我们如何才能避免这种无意义的争论，让自己免受冲突的困扰呢？在最开始的例子中，我提到了婆媳之间因为"但是"而引发的战争。在这种情况下，我们首先就应该避免把"但是"说出口。当我们不认同对方的"理所当然"，想要守卫自己观点的时候，就会不自觉地想说"但是""可是"。下次遇到这种情况的时候，我们就应该四两拨千斤地说："唔，我会考虑考虑的。"像这样，先让自己冷静下来，再谋求如何还击。

033 "不可能"的傲慢与狭隘

从前，"不可能"是在特定场合下才会使用的语句。我读高中那会儿，这句话就渐渐开始流行起来了。那大概是十五年前吧。而现在，"不可能"已经成为生活中的惯用语。比如，当有人说"什么情况？这不可能吧"，就是在完全否定某个对象的同时，又有种把别人当傻瓜的意思。

再来看几个例子。比如，有的工作明明简单至极，正常情况下是不会出错的，部下却把它搞砸了。这时，上司便对部下来一句："（这么简单都能搞错，）不可能吧！"或者是，大家都在大笑的时候，却有人不分场合地说些煞风景的话，这时别人就会说："不可能（有这么没常识的人）吧。"再或者，在电视上看到骇人的犯罪，有的人就会说："（这种事）不可能吧！"从字面上来看，"不可能"表示的是"不会发生的事"。再往深了说，是"不应该发生的事"或是"不合常理的事"。

这样想来，有的人会觉得"不可能"是一种傲慢的说法，也不是没有道理。这句话暗含了这样一种语气，认为"无论是该发生的，还是不该发生的，全部都应该按照我的想法来运行。你们这些凡人以及整个世界，都请遵守这个规则吧"。

　　正是这种傲慢的存在，才让我们仅凭一句"不可能"就否定了既存的事实，让我们变得狭隘、易怒。然而，现实永远不会完全按照我们所想的轨迹运行，"一切皆有可能"才是世界的常理。地震是有可能的，火灾是有可能的，犯罪是有可能的，遭到背叛是有可能的，受到不公的对待是有可能的，原子能发电事故是有可能的，战争也是有可能的。

　　如果我们能够转变自己的态度，重新审视这个世界，承认一切皆是"有可能"的，那么，我们的内心也会变得更加强大。

034 犯罪、灾害、背叛，皆有可能

当他人的言行与自己的常识相悖时，我们就会来一句"不可能"，既将对方全盘否定，也让自己的优越感得到满足。无论是政治家的失言，还是恋人不遵守约定，通通都可以用一句"不可能"来解决。我们之所以会这样做，是源自一个内心的声音，在说着"我才不像他这么没有常识呢，我可比他厉害多了"。

而亲鸾[1]大师 在《叹异抄》[2]中的言论则与此截然相反。他曾说过这样一段话："一个人不犯杀戮，并非因为他心地善良，而是因为他恰得上天庇佑，即使不杀不盗，也能活下去。要是他被置于特定的环境和精神状态之下，无论是杀人还是盗窃，都是有可能的。"

---

1. 亲鸾：镰仓初期僧人，净土真宗的开山之祖。主张依靠绝对他力往生极乐净土，提倡"恶人正机"。
2.《叹异抄》：据说由唯圆著，亲鸾殁后成书。记述亲鸾讲述佛法的话语，批判异端主张，试图阐明亲鸾本来的信仰观点。

这段话背后还有一个小故事。亲鸾曾问弟子唯圆说："你觉得我的话值得一听吗？"唯圆回答说："无论您说什么，我都会谨遵教诲。"亲鸾又说："那你现在去外面多杀点人再回来吧！"唯圆却回答说："我做不到。"于是亲鸾告诉唯圆："看吧，虽然你说'无论您说什么，我都会谨遵教诲'，但我真正让你去杀人的时候，你还是做不到的。然而，这并非因为你有一颗善心，而是因为你现在没有处在一个恶劣的精神状态下，没有必要去杀人罢了。"

在亲鸾眼中，无论是多么失礼的话语，不守约定的行为，或是犯下骇人罪行的犯人，都不是"不可能"的，而是"皆有可能"。现如今，我们承蒙上天庇佑，即便不做鸡鸣狗盗之事，也能够活得很好。然而，大多数人的心底都藏着一颗"恶"的种子，要是环境改变了，这颗种子便会生根发芽。到那时候，我们也可能会跟这些人一样，做出错误的选择。

如果我们能够认识到这种"自己也会犯错"的可能性，就可以摆脱"不可能"的束缚，对别人也能够多点宽容和理解了。

035 道歉的时候别找多余的借口

"你这人总是不好好听别人说话！真让人生气！"当我们遇上这样的指责时,内心便会立即启动防卫装置,树起一道坚固的屏障。

要是剧情像接下来这样发展,那么我们又会如何呢?

对方继续抱怨说:"还有那时候,我心情那么差,你对我还是冷冰冰的,真是一点都不体贴!"

为了保护自己,我们可能会生气地回一句:"明明你这人才是……"对方本来就来者不善,你这样一说,一场冲突肯定是在所难免了。这种大动干戈的方式暂且不论,即便我们先服软,向对方道歉,也会引出意想不到的麻烦。

比如我们先向对方道歉说:"不好意思啊,我好像确实是这样，之后会注意的！"但常常还想在后面画蛇添足地解释一下："但其实我那天是有特殊情况的，正好赶上加班，实在是没有什么时间注意你的事。"

虽然我能明白你这样说是想消除对方的误解，但不幸的是，这用在大多数人身上，都只能取得相反的效果。别人会觉得你"看起来是在道歉，实际上却是在找机会反驳我"，因而变得更为生气，并愈加对你步步紧逼："就算你那是特殊情况吧，那……又怎么样？"

所以说，当对方在气头上的时候，就算话中有不对或是误解了你的地方，也不要太过于较真了。在这种情况下，应该把道歉与和解放在第一位。一旦想好要道歉了，无论对方的话里有多少值得推敲的地方，都暂且忍着，尽量不多说。对方说什么你就乖乖听着，不停点头就好了！

036 放下"想要被理解"的欲望

　　在上一篇文章中我讲到，当别人在生气、发难的时候，如果我们找一些借口搪塞过去，只会惹得对方更加不快。所以，要道歉就好好道歉，不要画蛇添足。但在某些情况下，我们认为自己并不只是在找借口，而确实是对方弄错了，就会说："我明白你想说什么，但你的逻辑和所举的例子是有问题的。"

　　假设别人对你发脾气说："你无论做什么都要迟到，而且尽找些荒唐的借口。不是半路看上了什么想买的东西，就是打电话的时间太长。怎么会有你这样的人？真是气死我了！"

　　听到这种话，我们就想反驳了。比如心想"上次我就没迟到啊"，或是"这次迟到是因为公交车延误了"之类。于是，虽然嘴上道歉说了"对不起"，但还会想要接一句"我上次好像没有迟到吧"，或是"谁说每次的理由都不正经了，这次是公交的问题，不能怪我啊"。

即便如此，对方在听到你说这些话的时候，跟听你狡辩时的心情并没有什么区别。他们只会产生自己被指正、被反驳了的错觉，从而变得更加感情用事。比如再接着反驳你："但大多数时候你都是这样的吧！"

在这种情况下，我们便很容易陷入这样的惯性思维，认为："我都道歉了，让步了，指出你一点儿错误难道不行？"于是，面对不听劝还继续发火的对象，我们也生气了："我明明都给你道歉了！你还想怎样？"这时，其实我们的大脑已经被"正义"的病毒入侵了，一心盼着能消除别人的误会，从而陷入想要被理解的欲望之中，失去了应有的判断力。

要是能注意到这一点，就暂且放下心中的欲求，先平息他的怒火吧。真希望我们都能拥有敢于被误解的勇气。

037 我们都渴望被理解，却无法互相理解

在我们心底的诸多欲望之中，"希望别人完全理解自己"的这一种是相当强烈的。

在再平常不过的对话里，这种欲望也会暗暗崭露头角。比如，某天工作结束以后，同事对你说："演讲了这么久，真是不容易呀，一定累了吧？"别人特意来关心你，你却回他这么一句："不，我一点儿也不累！冥想时注意力集中的话，是不会觉得累的。"

在这种情况下，你必然是认为"一定累了吧"只不过是对方一厢情愿的想法，自己其实一点儿也不累，所以想要把这种所谓"正确"的信息传达给对方。

但是这样一来，我们肯定就会用"不……"这样的字眼来纠正对方。这时，对方便会觉得你不想好好接他的话，心情也很容易变得低落起来。

对方之所以会来跟你寒暄，并不是真的在意你是不是累了，而是想要向你传达"我很关心你"这样的信息。

然而，你却深陷于一种"希望被别人理解"的病中，让别人的一片苦心白费了。比如，别人对你说："我觉得你喜欢鸟呢。"你却回一句："不，我也不是所有鸟都喜欢。我喜欢的只是鸭子和孔雀。"

像这样打断对方的话，使得双方无法真正地倾心交谈，在生活中也是常有的事。这是因为我们一心只想着要别人理解自己，却全然没有想过要试着去理解别人。

我们的大脑大概认为，在与人相处的过程中，只有自己的状态、兴趣以及性格等特征被别人完全理解了，自己才算是受到了"合理的对待"。所以，也难怪它总在寻求别人的理解。这样看来，大脑还真是不擅交际呢！

038 高呼正义者的可疑之处

在这篇文章中,我们想探讨一下人们所持有的善恶、优劣观念中的一些疑点。

还是先看个例子吧。我以前曾有一种较为消极的价值观,认为"运动是野蛮的,那些在电视上看到别人运动的画面就产生喜怒哀乐等情绪变化的人,也是野蛮的"。

但回头仔细一想,我小时候还是很喜欢运动的。我也曾全身心地投入棒球和躲避球的训练当中,却怎么练也不如别人打得好,便渐渐生出了一种屈辱感。

一开始我还干劲儿十足,满心以为只要勤加练习,情况便会好转。那时,在我心里一定还保持着"运动是件好事"这样的价值观吧。然而,少年时期的我体弱多病,一直不擅长体育运动,便渐渐产生了自己比别人差的认知。这种认知一直持续着,并长期困扰着幼时的我。

为了摆脱这种自卑感，我便转而让自己建立了一种与之截然相反的价值观，认为"运动原本就是种野蛮的行为，投入运动的人都是劣等的"。现在想来，那时能这样想还挺好的。一心认为"与运动隔绝的自己才是优秀的"，至少让我守住了我那点儿微不足道的尊严。

　　在现实生活中，弱者也常常像这样改变游戏的规则，使情况变得对自己更为有利。哲学家尼采就曾一眼洞穿弱者这一劣根性。

　　大家都认为"为了别人"是一种道德之善，他却在《道德的谱系》一书中做出了如下的阐释：道德中所谓的善不过是弱者为了以弱胜强而采取的把戏，让人们都认为"不考虑他人感受的强者是恶人，为他人鞠躬尽瘁的我们（弱者）才是好人"。要真是这样，那么那些高举正义旗帜的人，真值得怀疑怀疑了。

039 提升对话品质的要义：认真倾听对方

有一阵子我准备搬道场，咨询了许多家地产公司，也让他们带我去看了好几处房子。就是这事引发了我接下来的思考。一次，我问中介："这里的湿气好像很重，有没有问题啊？"对方却回答我说："恰恰相反，这片地的优势可是得天独厚的，我非常推荐您选择这一处。"这让我一下就没了心情。

仔细推敲一下我当时的想法，大概可以总结为以下三点：①对方并没有好好听我说话，而是把话题引向了不相关的内容；②他似乎是想回避问题，于是用一个"恰恰相反"否定了我的话；③这一问一答的"相反"关系到底在哪里，反正我是没弄明白。

在这之中，①和②容易使人产生"这人连我说什么都没认真听"的感觉。这其实是一种无意识中产生的依赖，如果这种依赖没有得到别人的回应，我们心里多少会有点儿不舒服。但其实关注、理解这份依赖感，也并不是对方的责任啊，这应该是我们自己的事儿。

话虽这么说，但从我的角度来看，这销售人员是不是也有点儿太喜欢用"恰恰相反"这个词了呢。要是客人对产品提出了问题，销售却一心只想着把产品卖出去，于是就用"恰恰相反"来反驳客人，那么客人可能会觉得"这人不是自说自话，就是反驳我的问题，根本没认真听我在说什么"，心情也会变得不悦。这样一来，销售人员可能连对方的基本信任也得不到。

这个道理也适用于其他各行各业。无论是谁，或多或少都希望别人能好好听自己说话，认真对待自己的需求吧。因此，我们在与人相处的时候，首先应该认真倾听对方的需求，即便是对自己不利的信息，也应该好好地反馈给对方。这样一来，对话的质量也必定会得到提升。

040 回答之前用"是啊"给自己留点余地

前几天，我从北镰仓站下车，准备前往净智寺。这次的经历让我再一次深刻感受到，要好好接下对方的话，还真不是一件容易的事。

走在路上，为我引路的人突然说了一句："我们这地方，就算是站台附近，也能闻到清新的草木香气呢！"我回答说："是啊，但我觉得走到这附近，空气似乎更加干净了些。"

话一出口，我发现对方的脸垮了下来。仔细想来，我一开始虽然回了一句"是啊"，像是要顺着他的话往下说，但实际上却并没有针对"就算是站台附近，也能闻到清新的草木香气"这一观点做出应答。也许正因为我没能好好地接下他的话，才让他感到有点儿不安吧。

有了这个例子，我便在第二天的演讲中讲道："在把自己的想法反馈给别人之前，应该先亲切地回一句'是啊'，给自己留出一点余地，以便好好领会一下对方话语中的含义。"然而刚讲完，我竟然就对另一位帮我按印章的同事说了句："谢谢你。但是，能不能尽量把印章按在这些字上呢？"我在说这句话的时候，由于"谢谢"和"但是"之间的间隔过于短暂，便使得话语传达出的意思更多的是否定而非感谢了。哎呀，就把我的这次经历看作反面教材吧！

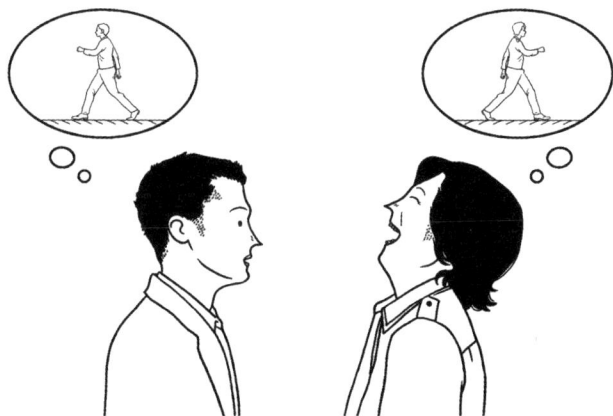

041 不被倾听的寂寞，久而久之会化为怒火

最近，我听说有位公交车司机被乘客打了。大概的经过是这样的：

乘客："这辆车到 ×× 站吗？"

司机："您想去哪儿呢？"

乘客听到司机的话，一下子声音就提高了八度："是我在问你！"

在这种情况下，司机可能并不是有意无视乘客的问题，而是想通过提问来做出更准确的回答。然而，司机却也没能很好地揣摩乘客的心理，不知道乘客其实更希望司机能够先回答自己的问题。

另外，司机开了一天车，肯定也遇到了不少这种蛮横的乘客，心里早就积了怨气。这样一来，司机的语气可能也不怎么好，于是就让乘客更为不快了。

我在前一篇文章中提到，每个人都希望别人能够认真对待自己说的话。然而，每个人都一心想着自己的声音被别人倾听，却不愿意花时间去倾听别人的声音。

于是，这种"不被别人倾听"的烦恼日积月累，终有一天会迎来爆发……在某个契机下，有人没好好听自己说话，也许便成了压垮骆驼的最后一根稻草，使得自己将长久积累的愤怒都加在对方身上。表面上看，这的确是一种愤怒；而实际上，这愤怒的原形却是不被人倾听的寂寞。我们也应该反省反省，平时是否光顾着发表自己的观点而忽略了听别人讲话。这样看来，我们也有可能是加剧这种寂寞的元凶之一。

042 "假装感兴趣"注定被打回原形

我在上一篇文章中提到了"大家都不认真听别人讲话"这个问题。很多读者在读的时候可能会在心里想："我平时都很认真地听别人说话。"然而在现实生活中，这些人可能恰恰会让别人觉得"自己没有被倾听"。

这时候，读者们又要反驳了："不啊，我在听别人说话的时候还会用'确实''这样啊'来附和一下呢。"

明明是煞费苦心地附和，要不是附和得太早了，就是眼睛盯到别的地方去了，又或是在附和的时候脸上还写着"我可不感兴趣"等。这样往往会造成相反的效果。因为要是对方明明不感兴趣，却硬是装出感兴趣的样子，大多数人都会有种被欺骗的感觉吧。

而且，要是你明明对对方的话题不感兴趣，却还问对方："你去哪儿旅游了呀？"对方热情地回答了你，

你却又敷衍地应付一句："啊，骗人的吧——"心里还
觉得自己确实想着要好好听对方说话。要是这样，你可
就大错特错了。

恐怕对方会觉得自己是白费了半天口舌，可能还会
对你发飙："要是你没兴趣的话，一开始就别假惺惺地
问问题啊！"

有的人喜欢使点儿小聪明，通过提问的方式来表现
自己的兴趣。然而，要是对方发现你的心其实不在这里，
反而会觉得受伤。受到伤害的人，以后再也不会认真听
你讲话。所以，下一次受到伤害、生气的，可能就是你
自己。

第三章　别找借口

043 为什么我们总是习惯性地否定别人的优点

从这篇文章开始，我想要讨论一下关于嫉妒心理的问题。嫉妒是很可怕的。比如，如果别人在你面前赞扬了一个你很讨厌的人，夸他既靠谱又有才华，你是不是下意识地就想反驳说："但是我听说他性格不怎么好呢，我劝你还是离他远点儿吧。"

说这种话，无非就是想让对方讨厌那人。然而，别人本来是赞赏的，你却用一句"但是"否定了对方，只会让对方觉得心里不舒服罢了。

这样一来，你不但没能达到目的，反而会让别人觉得你是个心胸狭窄、喜欢背后说人闲话的人，降低了你在对方心中的评价。这还真是讽刺啊！

那么，为什么我们会陷入这种让人困惑的想法之中呢？为什么我们的心灵变得如此丑陋，看到别人过得好，自己就不舒服呢？这是因为我们都有种错觉，认为"别人的幸福指数上升了，他的价值也就随之增长；相对地，自己的价值就变低了"。

如果要给这种价值赋予一个具体的值，那么假设自己原本的价值是 10 好了。这时，如果他人的价值突然由原来的 7 变成了 15，那么我们便会觉得自己的 10 没有那么值钱了。这样一来，彼之蜜糖就变成了我们的砒霜。反之，如果他人的价值由 7 降为 3，我们便会觉得自己的 10 更有意义。这种情况下，他人的不幸就是我们的蜜糖。

然而，这只是一种基于相对感的错觉。其实从始至终，自己的价值都是 10，并未发生任何改变。如果我们能有这种觉悟，大概也就能缓和心中的妒意，意识到"别人的价值其实与自己无关"了吧。

044 嫉妒并不可耻

从前，有位女士曾向我咨询过这样的烦恼。她对妹妹怀有嫉妒之心，因而感到十分难为情。妹妹比她先结婚，她虽然嘴上说着"恭喜"，内心却嫉妒着妹妹。每次看到妹妹幸福的样子，自己就很痛苦。这位女士多次诚惶诚恐地对我说："我都快三十岁了，心胸却还这么狭窄，实在是太可耻了。"

这里的问题在于，这位女士陷入了"嫉妒心是不正常的，是让人感到羞耻的"的思维定式之中。基于这种思想，这位女士便不断地自我否定，认为"有着嫉妒心的自己不是个好人"。正因如此，心灵才愈发不自由。

然而，这种烦恼其实无处不在，不过是一种大家共有的心理罢了。

对于和自己有许多相似之处的人，我们尤其容易产生嫉妒之心。因此，将妹妹作为相比较的对象，也是再正常不过的事。对方在性格、职业、遭遇等方面与自己的共同点越多，当他们的幸福指数上升的时候，相对地，我们也就越容易产生"自己的价值下降了"的错觉。

与自己水平相当的人得到了幸福，我们如果会感到不快，也只是非常自然的反应，就跟人类的本能一般。然而我们也明白，要是将这种嫉妒心理表露出来，便会遭到别人的厌恶。因此，即使心有不甘，我们也只能将这种情绪藏在心底，表面上依旧会用"恭喜"等祝福的话语来掩饰。于是，这便造成了我们眼中"别人并没有嫉妒心"的假象。

我也希望你们都能明白这个道理，平和看待自己的嫉妒心，对这种心理多点宽容。

045 别随意树立假想敌

嫉妒是一种危险的情感。有多强的嫉妒心，则要看对方与自己的竞争关系有多激烈。

举一个我自己的例子吧，现在回想起来还是会感到有些苦。那大约是我上小学的时候，当时我们一家人住在大阪。有一天，一位叫小竹的好朋友来我家玩，父母便热情地招呼他说："小竹啊，听说你喜欢吃牛肉火锅，今晚我们就吃这个吧！"

我心里当即就很不高兴，想着："我很讨厌牛肉火锅啊！"现在，我也仍然能记得当时迁怒于小竹的心情（小竹，抱歉）。

当时，我只当自己是因为晚上不得不吃自己讨厌的食物而生气。然而现在回过头想想，其实是自己的嫉妒心在作祟吧。这可以想象成一个小游戏：如果父母做了自己喜欢吃的东西，我便感觉自己得到了父母的爱。在不知不觉中，我深陷于这种游戏而无法自拔。一旦朋友的喜好被放在了自己之前，我便会将朋友视为在这种游戏中的对手。

这样一来，一旦对手的得分增加了，我就会产生自己得分减少的错觉因而心生妒意。然而我没有发现的是，小竹其实并不是我的敌人。父母之所以会对小竹比对我更加热情，与其说是父母爱小竹，不如说这是一种待客的礼仪。

也就是说，即便朋友的得分增加了，自己的得分其实也并未减少。我们的内心很容易因为嫉妒，而把本非敌人的对象当作自己的假想敌。这一点得引起我们的重视。

046 智者意重，毁誉不倾

　　我时常也会开设一些佛教知识讲座。有时是在寺庙里讲，有时是在公司或组织机构里给研修的成员们讲。第二种场合总让我觉得有些棘手。

　　前几天，我也被叫去给某个组织的职员讲解佛教知识。一开始的时候，并没有多少人在听。某个瞬间，我觉得自己简直是在对牛弹琴。

　　之所以会造成这种局面，是因为这些人都是被强制来参加的，并非出于自己的意愿，也就不会有"我想听您教诲"这种积极的想法了。当然了，左顾右盼的、表情冷漠的人也不在少数。面对这样的情况，在台上讲话的一方自然就会想着"他们是不是不认同我讲的呀"，从而变得紧张起来。然而，要是在自己演讲的过程中，微笑的、点头的观众渐渐多了起来，那么讲话的人也会慢慢变得得心应手了。

仔细想想，这说明人会随着听话人的评价而产生喜悲的情绪变化。"懒懒散散地左顾右盼"即为负面评价，"保持微笑，不时点头"即为正面评价。基于这个标准，我们便在拥有自信和失去自信的天平中来回摆动。

受到他人言论影响的人，在顺境中时，就如同居于高地之上，能够支撑着自己不断前行；然而，一旦到了逆境之中，这种自信则必然会崩塌，使得工作生活都不如意。

对于这种人性的脆弱，释迦牟尼给出了如下箴言：譬如厚石，风不能移，智者意重，毁誉不倾。（《法句经》第八十一偈）

047 "修心"之前先"修身"

前不久，我还在写这些连载随笔的时候，曾讲过我们要进行"修心练习"。然而讽刺的是，我自己在写作的时候，却没能做到心平气和，而是在一种极度疲惫的精神状态下完成这些稿子。

那时也不是没时间，也并没有什么其他让我烦躁的事情。我自己也反复问自己："那我到底是怎么回事啊？最近又是紧张又是心绪不宁的。"最后得出答案：身体问题才是这一切的症结所在。

那段时间，我一直是抬着肩膀写字的。某天，我一直使用的桌子不知怎么地比往常高一些，而椅子又比往常低些，导致我在纸上书写的时候手肘是悬空的，收放不能自如，肩膀也必须往上抬着才行。

这样一来，肩膀上的肌肉就紧绷起来，不得不一直处于发力的状态。按常理来说，如果我们心里对某件事很感兴趣，或是为某事焦虑不安，那么肩膀的肌肉也会紧绷。这个道理反之也是成立的。如果肩部的肌肉先处于紧绷状态，心理也会随之进行调整，或是全神贯注，或是焦虑不安。一旦张开肩膀，大脑就会回忆起过去做这个动作时的心理状态，并会在无意识中感染上那时的情绪。

后来，我又把之前提到的桌腿往外伸了些，使得桌子恢复到原来的高度。这样一来，我的手肘也随之收了起来，肩膀也舒坦了，整个人神清气爽，下笔如有神。

我们的心啊，总是这样轻易地被身体所影响。因此佛教倡导，若要"修心"，还是应该从"修身"开始。

048 "修身"的基础：吃饭不超过七分饱

我在前一篇文章中讲到，若要"修心"，首先要从"修身"开始。这个问题，释迦牟尼在许多佛教经典中都提到过。事实上，修身的关键还是在于少食。

在《法句经》中，有一段概括佛教思想精髓的话，其中之一就是要控制食量。

修行的时候如果吃得太饱，便很难集中精神，整个人昏昏沉沉的。对于这一点我还是深有体会的，因为我自己也曾有胡吃海喝一通之后去打坐的经历，当即就觉得无法集中精神。坚持少食，可以防止这种状况出现，让人保持良好的精神状态。

吃饭的话，六七分饱最合适。要是吃得太饱，会让人精神恍惚；过度饮食，更是会引发肠胃上的病痛，进而使人的心情也受到影响——或是烦躁不安，或是情绪低落。这样看来，心情其实很容易受到肚子的影响。

有的人一次吃太多，导致身体不舒服，下次却免不了还要这样吃。这是生存的欲望过于强烈，失去控制所致。原始时代是人类的身体构造开始定型的时期。为了生存，人们亟须补充营养。而在那时，食物又极度匮乏，饿肚子是常有的事情。为了提高存活率，人类的身体便形成了这样的机能：摄取了大量卡路里之后，内心会感到特别满足。

现在人体是这样一个构造：要是舌头接触了含糖、脂肪或是蛋白质的食物，大脑中便会分泌一种叫作多巴胺的物质，刺激人的神经并使人产生快感。不幸的是，现代社会中含糖和脂肪的食物不计其数，使得我们脑中多巴胺的分泌就没停过。要想脱离这种不健康的生活状态，让心灵不再钝化，何不从今天开始，试着把饭量控制在七分饱之内呢？

049 砂糖的高甜度会让人心神不宁

　　我在前面提到过，当舌头接触到糖、脂肪或是蛋白质含量高的食物时，大脑中会分泌出能使人产生快感的多巴胺。这种身体机能的设置，使得人类能够在食物匮乏的远古时代，尽量多摄取高营养、高热量的食物，以满足日常活动的需求。然而，现代社会的食品种类却过于丰富了，高糖分、高脂肪含量的食物简直比比皆是，人们也很难抵挡高热量所带来的快感。

　　在这种为生存而生的人体构造下，人们很容易被糖分和脂肪带来的快乐所支配。要是摄入过量，还会带来肥胖及糖尿病等问题，使人们的身体健康受到威胁，甚至还可能危及生命。

　　人类甚至还从食材中专门提取糖分，制出精炼砂糖这种东西。这样一来，舌头上的味觉神经就能直接受到甜味的刺激，并在脑内生成强烈的快感。

精炼过的砂糖可以跳过消化、分解等步骤直接被人体吸收，使得人体内的血糖含量急剧上升，并在短时间内给人以活力。然而，随后分泌出的胰岛素又将使血糖含量急剧下降，并给人带来空腹感。

　　本来没饿，为了抑制这种空腹感，却又想吃东西。血糖含量在这一过程中高低起伏，心情也像过山车般忽上忽下。若不想陷入这种恶性循环的话，就试着少吃纯砂糖，多吃米、芋头、栗子、南瓜这类天然食物吧。这些食材也含糖，一口下去还能体会到糖分逐渐渗透出来的乐趣。

　　我最近也收敛了许多，像草莓大福、豆沙水果凉粉这种和式甜品也碰得少了。话说回来，无论吃什么，要是能像修行的僧人一般专注于咀嚼的动作，大脑内便会分泌出能安定人心的血清素，心绪也就自然而然变得平和了。

050 精进料理：抑制"快感"，享受"满足感"

　　释迦牟尼时期,佛教规定僧侣要靠化缘来获取食物。只要是别人给的，就不能挑剔，什么都要吃。但在佛教刚传入中国的时候，人们还没有施与僧侣饭食的习惯。僧侣们为了能在不杀生的前提下实现自给自足，就自己耕田、种菜、做饭。想来，佛教大约就是从那个时候开始转向素食主义风格的吧。在这一变化过程中，人们逐渐开始研究饮食对于人精神层面的影响。另外，与修行相适宜的精进料理也慢慢显露出其睿智之处。

　　我在前面说过，现代饮食中包含了许多使人大量分泌快感物质多巴胺的食物。精进料理则恰恰与之相反。在食材的选择与调味方面，精进料理注重以下几点：①脂肪含量低；②可适当加入砂糖，但必须控制用量，③不使用鱼、肉等蛋白质含量高的食材；④味道清淡。砂糖、油脂与蛋白质统称为使人脑产生快感的三要素。而人脑中还有一种叫作多巴胺受体的物质，用于感受多巴胺所制造出的快乐。由于精进料理注重对前面三种要素的控制，人们在进食的时候，就不会出现过度驱使多巴胺感受体的情况。

过多的快感会使这种快乐受体受到过度刺激而麻痹。人在得不到满足的情况下，就会越吃越多，暴饮暴食便成为现代人的常态。精进料理则是通过抑制食物所带来的快感，治愈现代人感官上的麻痹，使人们能够认真感受每一口饭菜的滋味，并重新体味到满足的感觉。

也许道元禅师正是因为明白这个道理，才在他的著作《典座教训》中写下了这样一段话：在佛教中，食物并没有好吃与难吃之分，所有的食物都是同一种滋味。比起单纯的"快感"，这种"安静的满足感"才是更高级的享受。每周和家人聚在一起，品味一下精进料理所带来的素食之美，何乐而不为呢？

051 网络上的信息不会有搜完的一天

"快"能够刺激大脑，让我们获得心理上的满足感。然而，要是刺激大脑的次数过于频繁，大脑感知"快"的功能就会逐渐麻痹，我们所获得的愉悦感也会不断减少……越是得不到满足，就越是想要更多。

不断膨胀的食欲也是如此。另外，在我看来，在增加"快"对大脑的刺激频率，麻痹人心这一点上，双向的信息交流是最为有效的。

信息收集是为了满足人自身生存的需要，也是快感的源泉之一。但大多数人还是相对理智的，对于那些与自己无关的信息，也不会时时刻刻都盯着。

在网络上，我们能够获得许多关于自己的信息，这种信息大多是双向的，比如"我刚才发的状态，不知道别人会怎么想"。我们关注自己在他人眼中的形象，也在意别人对我们的评价。

现代人总是沉迷于电脑和手机，每天把大量的时间花在写东西、收短信上。这正是在意别人评价的表现。每当别人评论了自己的状态或是回复了短信，我们就会觉得"自己是受重视的"。这种"有力感"也强烈刺激着我们的大脑。

许多人一天二十四小时都离不开手机，"快"对大脑的刺激也就一直持续着。

别人回复得越快，我们便觉得自己在别人心中越有分量。在这一点上，我相信大家都有共识。因此，当我们在心里催促着"快回我！快回我！"的同时，为了避免被对方讨厌，也会加快回复的速度。这样一来，就形成了现代社会中交流高速化的现象。这其实是人得了自我信息过食症的表现，也是感知即将麻痹的信号。信息的"快"还真是件可怕的事儿！

052 社交带来的满足感也是不幸的源泉

最近，"关系""羁绊"这类词在人群中很是流行。在现代社会，要想真正体会到孤独的滋味，可以说是难如登天。

喜欢宅在家里的青少年们，乍一看是孤独的。但他们虽然不怎么出门，却可以通过网络，与世界各地的人保持匿名联系。

无论何时何地，只要手中有一台移动终端设备，便能够立即联系上任何想要联系的人。换句话说，这简直像二十四小时都被强迫着与外界保持联系一般。

当然了，这种生活方式也有好的一面。比如，每当我们简简单单地就能联系上别人的时候，便会自我感觉良好，认为"别人会理我，证明我还是有价值的"。通过社交网络的联系，我们能够时常体会到这种一时的快感。然而我前面也提到过，一旦快乐过多，大脑中感知快乐的装置就会麻痹。

在现实生活中，有人会以白糖代替食物天然的甜度，以刺激味觉；有人会把大自然的声音隔断，换上自己喜欢的音乐；有人选择逃避现实，沉溺于电影和漫画之中；有人不喜欢面对面，而喜欢通过电子产品来保持与他人的联系……在我看来，这些事情的本质都是一样的，就是想要以更舒服、直接的方式来获取一时的快感，保持对大脑的持续刺激。

然而，生活中的不幸并不是快感不足导致的，恰恰是由于快感过多，大脑已然麻木。

人总能在与他人的连结之中获得超乎想象的巨大快感。因此，适当保持与他人的距离，反而能使心理更健康。在接下来的文章中，我将会由佛典入手，讲述我们该如何获得直面孤独的勇气。

053 最佳的休息方式：切断社交网络，独处

　　无论是面对工作应酬还是社会交际，我们都需要打起十二分的精神。过程中要紧跟对方的视线，尽量与对方建立起紧密的联系。好不容易结束后，拖着疲惫的身躯回家，长叹一句："终于结束了！"然后舒服地倒在沙发上。本打算好好休息一下，却又兴致勃勃地玩起了手机，不停收发消息。这样一来，休息也休息不好，元气也恢复不了几成。

　　现代人每天都处于交流过度的状态，即使是独自一人的时候，仍要以文字互表心意。大脑时时受到各种文字信息的轰炸，已是在爆炸的边缘了。

　　每天都要处理这么多文字信息，长此以往，我们的意识会逐渐变得恍惚，也再难有精力去思考其他的事。就算自己想摆脱这种困境，但由于我们每天仍在不停地接收各种信息，不可避免地要被繁杂的社会关系所扰，

也就会不由自主地去关注别人的事。脑神经像这样持续受到刺激，最终将严重受损。

这种过度社交的情况在人类历史上还从未有过先例。很久以前，释迦牟尼就强调过，与社会的联系过于紧密，会导致脑神经的混乱。在《经集》中就有这样的句子："交往过甚，则情动意损。避情意之损，则应如犀角般独自前行。"在这一句意蕴深远的话之后，他又多次写下了"应如犀角般独自前行"的箴言。

要是我们能暂时戒除与人交往所带来的快感，从周围评价所带来的强烈刺激中脱离出来，就能让脑神经得到片刻的休息，使其恢复出厂设置。

因此，我建议读者们不妨试试偶尔切断电子设备的电源，尽情活动活动身体，调整调整呼吸。从言语的刺激中脱离出来，让心灵重返孤独。这是对我们来说最好的休息方式。

054 发消息时，别画蛇添足地加一句"免回"

有的人在发消息的时候，喜欢在末尾加一句看起来挺没自信的话："如果你不想回复的话，也没关系的……"

我在高中的时候也干过这样的事情。那时，我常常会在信的末尾添一句："这种无聊的信，看看就行了，你不用回复也行！"

让我们来分析一下这种微妙的心理。要是自己给别人发了消息，却完全没收到回音，那简直就像是把自己摆到市场上卖，却完全没人来买一样，自尊心当然会受到伤害。所以我们才会在发消息的时候就主动出击："我本来就没期待你回信，我也没把自己摆在市场上卖。"这样一来，即使别人不回信，我们也不会受伤。这其实是为了保护我们那点儿可怜的自尊心罢了。

然而，即便对方没读懂我们心里的这点儿弯弯绕绕，也会对我们留下不好的印象："唉！这人究竟在纠结些什么啊！怪人一个！"另外，别人可能还会认为自己回不回信、什么时候回信，都是他的自由。你看上去是在照顾他的感受，实际上却给他一种命令的感觉。这样一来，对方觉得自己的自由受到了限制，甚至会觉得你侵犯了他的精神领地。

各种各样痛苦的产生，都是由于我们在无意识中将自己商品化了，希望自己能卖个好价钱。这些烦恼不仅仅在短信和信件交往中才有的，在社交网站上，每天也都有形形色色的人拼命想把自己卖出去。他们心中定是在呐喊着："好想快点把自己卖出去啊！快点快点！"

055 由"我才是对的"而生的攻击性

有一部漫画,总共十五话。一开始,坏人问主角(看起来像是主角):"你为什么总是跟我过不去?你觉得自己很有正义感是吗?"

主角回了一句"不是的",又举了个例子来说明:在电影院的时候,如果别人把手放到了自己这边的扶手上,自己就会觉得有点儿不舒服?这时,我们要是暗暗使劲儿想把别人挤回去,那对方也会挤回来……本来也没多大点儿事,要不要把手放在扶手上都无所谓。但到了这种时候,我们已经无路可退了,因为对方的自私激起了我们的私欲。

主人公用自己的"电影院扶手理论"向坏人说明了"自己的行为并非出自于正义感"这一点。坏人听后,对主人公深深鞠了一躬,并回了句:"我明白了。"这故事还挺引人深思的,因为这位主角竟然意识到了自己的行为并非出于正义感，而是出于自己的私欲。

　　现今，在反核能的对错问题上，许多人似乎都被"正义感"冲昏了头，认为"某某净搞些阴招儿，一定是想为自己牟利"。也有看似合理的呼声，比如："你们自己都难以控制核能的危险性，却还坚持要用，这也太不把人的安全当回事儿了吧！"但这本质上还是一种私欲，只不过是他人的利益妨害了自己的利益，让这种私欲被激发出来罢了。把自己的私欲包装成所谓的正义，然后以此去肆意伤害、威压那些与自己意见相左的人，才是真的可怕！

　　不过，需要声明的是，我是站在反核能这一边的。然而，我也想给那些以反核能为政治正确，并肆意攻击别人的人泼一盆冷水。有的人被一巴掌拍醒了，意识到"啊，原来我也只不过是为自己的利益考虑啊"，却依然能坦然地坚持自己的观点。在我看来，这种人才是真正有胆识、有魄力，值得我们信赖的人。

056 冷静！大家都是自私的

　　现代社会早就提倡要尊重不同的价值观。然而，最近的情况却似乎不是这么回事儿。无论是在反核能的问题上，还是在军事、外交争端方面，许多人都喜欢盲目下结论："我就是对的！别人肯定是错的！"

　　这种现象的出现对现代社会的人来说其实是一种救赎。

　　当下，社会中流传的价值观太多了，这让我们有时对自己的观点反而不太自信。"这种伤害集体利益的事绝对是错的，我必须阻止！"通过这样的想法，我们给自己的想法贴上了"合理"的标签，也能稍微挽回一点儿自信。

　　正如我在上一篇文章中所讲的，这种所谓的正义，表面上看是"为了大家好"，其实只不过是披着"为了大家好"的伪装的自我中心主义。

释迦牟尼曾说过这样的话："我曾遍寻天下，想看看世上是否存在比我自己更重要的事，却终究无法寻得。"想必释迦牟尼也是发现了根植于人性深处的私欲吧。

说到这里，有的人可能会误会我"是不是想要妨碍反核能事业"。

其实不然。我既希望反核能顺利进行，但与此同时，我也时刻警醒着自己：这一切的想法都只是出于自己的私欲罢了。政治这种东西，并不能简单地用正义和邪恶来区分（这样的话可能会让自己失去正常的判断，并变得盲从）。我们应该明白，政治中只有"纯粹的自私"和"以自私为前提，冷静地考虑对策"这两种模式。

057 志愿者活动与环保运动中的自私性

　　"我曾遍寻天下，想看看世上是否存在比我自己更重要的事，却终究无法寻得。"（《自说经》第五章）

　　这是我在上一篇文章中引用过的释迦牟尼的名言。这句话冷静地洞察到了人类以自我为中心的天性。

　　仔细想想，对别人的崇拜、热爱，其实不过是因为我们在别人身上看到了自己的影子，并产生了自我价值得到提升的错觉。本质上，我们喜欢的还是自己。我们所喜欢的，是像那样专注于某事的自己，以及受到别人喜爱的自己。

　　许多人在参加志愿者活动和环境保护运动的时候，都很容易陷入奉献的错觉之中。其实，我们之所以会参加这些公益活动，只不过是因为这些活动能够提升我们的精神价值罢了。归根结底，出发点还是为了自己。

人类是有自恋情结的。我们通过做一些有价值的事，来给自己"我的存在很有价值"的暗示。

隐藏在人们心灵最深处的，也是这种以自我为中心的自恋情结。佛教认为，所有人都是自爱的。这一认知虽然让人感到有些悲凉，但也是事实。佛教的一切思想都是以这一认知为前提的。

《自说经》中还有这样一段话：世界上所有的人都跟我们一样，认为自己是最重要的。任何人都是自爱的。因此，我们在追求自己的幸福时，不应该妨碍他人的自爱。要是我们伤害了别人的自尊，就必然会遭到报复。己所不欲，勿施于人。要是真的爱自己，那么也应该尊重别人爱自己的想法。

058 大脑总按自己的喜好来分辨善恶

　　佛教里有个词叫"渴爱"，形容的就是一种以自我为中心的心理。基于这种心理，我们的大脑在认识世界的时候，并没有认识到世界的全部，而是选择性地歪曲了我们的认知。比如，天晴、下雨、地震这些自然现象，本不存在好坏之分，但要是某个很久没下雨的地方突然降雨，担心水源不足的人们便会觉得这是一场及时雨。然而，要是有人正想出门买东西，天却突然下起了雨，那么他一定会觉得这雨很讨厌！

　　这完全是一种以自我为中心的表现。对自己有利的，我们就觉得是善；对自己不利的，就贴上恶的标签。

　　再想象一下这样的场景：天气预报说要下雨，你却正准备出去买东西，虽然心里想着"这雨来得真不是时候"，但还是拿着雨伞出门了。要是那天最后没下雨，你肯定会感到有些懊恼吧。在这种情况下，有的人可能会后悔，想着："我就不该带伞啊！"这就是一种关于正确的烦恼。本来是讨厌下雨的，但因为自己已经提前准备好了对策，为了不让自己的准备付诸东流，内心深处反而对雨有些期待了。哎呀，人类真是奇怪的生物呢！

　　害怕地震的人，在买房的时候可能会高价购买带抗震设计的公寓。这样一来，本来是不喜欢地震的人，在内心深处却盼望着"地震来的时候我的公寓能屹立不倒"。要是买了十几年，地震还是没来，那这人可能就会怀疑自己当初花大价钱买房是不是一个正确的选择了。

　　也就是说，在内心深处，他已经开始渴望地震的到来了。由于大脑歪曲了人的认知，最初我们可能会以坏来定义下雨、地震等自然现象。然而在不知不觉中，我们又改变了对它们的认知，开始期盼这些情况的到来。大脑就是这样一种随心所欲的存在，只想做出对它来说正确的判断，其他则全然不管。

059 胆小鬼的内心世界：想说却说不出口

有一段时间，我负责在寺院里指导一些来参加打坐冥想集训的学生。这个训练一共有十天，下面的事就发生在他们刚来的第一天。那天，我正准备往学生们待的正殿走，却发现自己用来打坐的蒲团不见了。

本来那儿应该还放了三四个多余的蒲团，看样子应该是被学生们拿去用了。这时候，我的胆小鬼心理就发作了，心想："唉，那里面有一个是我的，要是他们能还给我就好了。但要是我直接管他们要的话，那个拿了我蒲团的人肯定会特别不好意思吧！"

最后，我还是对自己说："算了，不想了！"于是又订了一个新的蒲团，等着商家第二天给我送过来。

后来我才发现，虽然表面上自己这样做是为了尽量不让别人难堪，然而内心深处的动机却是害怕收到对方负面的评价。比如，自己要是去问了，别人可能会觉得"不就是个蒲团吗，还要我还给他，这人也太斤斤计较了吧"。

确实是这样。一到这种场合，我就没办法像平常一样自然地举止，想要说的话也说不出口了。这次的事又给我上了一课。事实上，要是当时自己直接去要回了蒲团，别人大概也不会觉得有什么，只是自己过于在意别人的评价。要是我能早点察觉到这一点，大概当时就不会那么纠结，也能顺利地要回我的蒲团吧。

这种怯懦让我们在与人交往的过程中变得小心翼翼：因为害怕被别人讨厌，所以虽然内心不情愿，却依旧执着于扮演好孩子的角色。

下一篇文章中，我准备探讨一下如何才能变得更为大胆。

060 保持自然举止的秘诀：承认自己的私欲

作为寺庙的住持，我时常需要接待一些突然到访的客人。出了几本拙作以后，也有些读者喜欢来找我聊聊生活中的困惑。然而，因为我自己也需要时间来工作和修行，所以有时就不得不中断对话。这种时候，我总是找不到一个合适的时机来开口。这不禁让我想起了小时候打电话的经历，那时我也总是不好意思主动挂电话。

打电话的时候，虽然想着"差不多也该挂了吧"，但又担心"要是现在挂的话，会不会留给对方不好的印象呀……"所以一直挂不了电话。这种情况下，表面上是出于"不想伤害别人"的好意，而内心深处却藏着一份自己的私欲，想着"不想因为这样的事而给别人留下坏印象"。

即便是现在，每当我不得不中断谈话的时候，内心还是会有种不舒服的感觉。然而我已经明白了，我之所

124

以会产生这种感觉，是因为害怕自己被别人讨厌。这种罪恶感，不过是一种想要被别人承认的私欲罢了。

"哎呀！原来我也是俗人一个，怕被别人讨厌就装好人啊！"如果能像这样找出这种罪恶感的源头，那么我们心里也许便不会再那么难受了。要是想告辞的话，就爽快地从位置上站起来，得体地说一声："今天就到这儿吧。"如果还像之前那样一直把话藏在心里，可能还会碰上其他的麻烦事儿。比如，别人请你帮忙，就算你不乐意，肯定也不会推拒。那一瞬间，心中却不知为何闪过一丝罪恶感。为什么会这样呢？

这种罪恶感其实是源自我们内心的怯懦，认为"如果我拒绝了，就会被别人讨厌"。其实，我们大可不必害怕这种后果，如果真不想做的话就大胆地告诉别人"我做不了"。比起那些表里不一的人，这种直率的性格反而更容易为人所接受。

061 别马上说"Yes"，给自己留点退路

有的人平时尽喜欢说些漂亮话，总吹嘘着："没问题，都交给我吧！"然而真正到了要他帮忙的时候，却又找一堆借口逃避："哎呀，真不巧，我这周有点忙……"这种人最多只能算得上个熟人，可别把他们当真朋友。

上面的这段话是记载在《六方礼经》中的释迦罗越箴言。人们常常因为在意他人的眼光或是害怕得罪别人，就轻易做出许诺。这在现代社会已是见怪不怪了。

想让自己在对方心里留个好印象，于是头脑发热地答应下来。事后冷静地想一想，又觉得后悔："哎，好烦啊，不想做！"生活中这样的情况应该也有很多，至少我就常做这样的荒唐事儿。

在这种情况下，又不好意思直接说"我做不来"，最后只能找一些借口搪塞说："我突然有急事，可能帮

不了你了……"

无论是轻易地应承，还是荒唐的借口，都是我们害怕破坏在别人心中的形象，不敢说实话而导致的结果。

这样做反而会失去对方的信任，让别人觉得我们没有诚信。或者，这次不拒绝，下次再遇到别人的邀请或求助的时候，我们可能会生气地想："啊，真是够了！能不能体谅一下我啊！"但谁让我们之前不敢说实话，硬要装好人呢？

就让我们拿出勇气，坦诚地说出自己的心声吧。或是，在遇到别人请求帮忙的时候，至少不要立马答应下来，而是请求对方"让我考虑一下"，给自己一点缓冲的余地。要是之后后悔了，觉得不想做的话，直说就可以。比如："我之前是因为想给你留个好印象，才一时冲动答应了下来。但回去仔细考虑了一下，我可能还是不太适合做这个。抱歉！"

062 对他人的失望无须太过介怀

在我还经常上网那会儿，有时会在别人的主页或是博客上看到这样的话："最近有点忙，已经很久没更新了。实在抱歉！之后要是有时间的话我会补上的。"字里行间似乎还带了点罪恶感。

然而，在个人主页上发东西本来就不是一项义务。想写点东西的时候就写写，不想写的话就搁着，这不是理所当然的吗？那么，为什么许多人都产生了被义务所束缚的错觉呢？要发表东西的时候，心里想的并不是"我想更新了"，而是"我应该更新了"，或是"还不更新的话，大家会失望吧，那我还是先道个歉好了"。

这大概是因为人们害怕"这么长时间都不更新，那些经常访问我主页的人看到了可能会失望吧。他们会不会今后都不再来看我的主页呢"。坦白说，也就是害怕别人对自己失望，害怕被抛弃。

在这种"失望"的压力之下，有的人就把"想写"的兴趣转化为"应该写"的责任。

现在流行的微博大概也是人们逃避这种压力的一种方式吧。然而，微博的形式依旧没有触及问题的本质，只不过是把问题隐藏起来罢了。

下次被"更新"的压力所束缚的时候，不妨先正视一下自己内心的恐惧感。拿出"就算别人失望也没关系"的勇气，把别人的想法、评价放在一旁。要是能够找回本心，在想写的时候就写，不想写的时候就搁置，我们一定会更享受在网络上发表的乐趣。

063 想法和情感都是一时的

大概谁都有过以下经历吧：深夜的时候忽然诗兴大发，写下一封情书。早上起来再读，却觉得太肉麻。或是正在气头上的时候，心想："这是什么破公司，我明天就辞职！"然而到了第二天又下不了决心，仍是没能辞职。

我们的感情就是这样一种不安定的存在。拿刚才的例子来说，要是我们在感觉到不对劲的时候，还没把之前的想法付诸行动还好；要是已经把情书送了出去，或是已经公开宣布自己要辞职，恐怕才会懊悔不已吧。

这种情感的变化是我们无法控制的，因为我们的心灵面对同一种事物无法永远保持着同一种情感。

对于我们来说，世界上的任何事物都有好的一面和坏的一面。当我们看见好的一面时（这时心灵便自动屏蔽了坏的一面）就会感到开心；当我们看到坏的一面时（这时心灵也自动屏蔽了好的一面）就会觉得烦躁。然而，我们没看到的那一面并非不存在，只不过是暂时被隐藏了而已。要是周围环境发生了变化，我们眼中的事物也必然出现"好与坏"的转换。

我们的意志并不是一成不变的。这也就是狭义上所讲的"诸行无常"。

正因为我们的意志与感情都处在不断变化的过程中，受到感情 A 所支配而付诸的实践，在感情 A 还残存的时候，当然会使我们感到快乐；但要是感情转换成了 B 面，我们的内心就会生出后悔与苦恼。从今以后，我也要在心中谨记"诸行无常"的道理，务必改掉自己轻率的性格，做一个谨慎的人。

064 别对自己定型

来学习打坐和冥想的学生们时常会开玩笑聊起这样的话题。有时家人会对他们说些不好听的话，比如："你不是在学佛法、学冥想吗？怎么看起来和之前没什么差别啊？"碰到这样的场合，许多人都生气地想要反驳。

我也有相似的烦恼。周围的人有时会对我说："你不是在讲佛学吗，但你讲的东西和你做的事好像不太相符啊。"这简直是击杀我的一项绝招。但习惯之后，我也就一笑置之了。

之前在听到这些话的时候，我之所以会感到受伤，是因为我给自己定型了，执着地认为"修习了佛学的自己变得更好了"。再来看看别的例了。要是对自己形成了思维定式，认为自己"是个有想象力的人"，那么在自己想不出好点子的时候，或是创造力被他人否定的时候，一定会格外伤心吧。

我们一旦给自己定了型，之后再看到、听到、想到那些和自己的形象不相符的信息时，便会感觉自己受到了威胁，内心也变得苦闷不堪。虽然佛学并不要求人人都秉持"诸行无常"的思想，但正如我们在前一篇文章中所讲到的那样，人们的内心活动与"诸行无常"的道理是相符的。要是我们总是自信满满地坚持"自己是如何如何的（违背了诸行无常的道理）"，那么在意识到"自己可能并不是如何如何的"的时候，就会陷入苦恼之中。我们的生活也是不断在这种自信和苦恼之中切换的过程。

对自己的定型才是我们痛苦的根源。佛教中将"我执"命名为"咏叹调"，并推崇"放下"的思想。"修习佛学让我变得比之前更好了"，这种思维定式也是有害的。认识到这一点之后，我们也该学会放下吧！

065 注意心中微小的情绪变化

我已经很久没发过火了，而在写这篇文章的前一天晚上，恰好就碰上了一件让我大为恼火的事。整个晚上，我心里都像被火烧着似的，睡也睡不安稳。后来，我终于正视并慢慢接受了自己心中的怒火。

在那之前，我整个人都沉浸在愤怒之中，情绪已经快不受自己控制了。然而，当我学会正视自己心中的怒火之后，却发现了一件十分有趣的事：除了愤怒之外，我的心里还住着许多其他的情绪。比如意识到自己"都发一小时的火了"，不禁觉得有些懊恼；或是想着"明天起来必须赶紧工作"，思考着对未来的计划。

在掠过这些情绪之后，之前强烈的情绪（这篇文章中的例子是"愤怒"）又会再次占据我们的内心。然而，心灵已经将"我正在生气"这一印象固定了下来，并且只会记住强烈的情绪，而无视那些微弱的情感。由此，我们才会产生"自己一直保持着同一种情绪"的错觉。

　　事实上，我们心中的情感每分每秒都在发生着变化（亦即心灵是遵循着无常观的）。然而，我们却只能注意到那些强烈的情感，自以为内心并没有发生任何改变，从而将心灵均一化了。换个角度来看，要是我们能在不断反复的怒火之间注意到其他微弱的情绪，那么我们便会意识到"怒火并不是永续存在的"。这样一来，心中形成的"我一直在生气"的刻板印象也会崩塌，我们就能从愤怒中解脱出来。伤心的时候也是一样，要是能在悲伤的间隙中发现"啊，今天天气真好呀"这样的情感，那么我们便能从悲伤中解脱出来了。

　　大脑在接收各种各样的信息以后，喜欢把所有的信息都整合归一。我们需要学习的，就是抵抗这种惯性，试着去注意内心细微的变化，认识到心灵的无常，并提升意识的分辨能力。正如佛经中所说："一切行无常，以慧观照时，得厌离于苦，此乃清净道。"（《法句经》第二七七偈）

第四章 别着急

066 通过打坐冥想，使钝化的大脑重现生机

现在我正坐在小板凳上，提笔准备写字。从窗帘的缝隙中隐约可以看见外面的天空。今天是阴天，光线不是很充足，天空中却呈现出一片互相交织的复杂色彩，让我感到很是新鲜。刚才我还在打坐冥想，睁开眼的那一瞬，窗帘中透过的光线，窗帘间的褶皱，木地板上的纹路及深浅的变化，都悉数映入我的眼帘。这种仿如初见的新鲜感让我的心中溢出了丝丝感动。

在接触到某些信息时，大脑时常会以"这个呀，我已经知道了"为由，粗略地将其过滤。这种烦恼在佛学中被称为"无知"。在这种"无知"的强力作用下，我们便习惯性地忽略了那些每天都在接触的事物。比如窗帘中透过的光线，房间中踏过的地板，还有家人的表情变化……这样一来，我们对世界的认知变得粗略，世界在我们眼中也显得越发无趣。

这种细微感知的钝化正一步步引导我们走向不幸。然而，社会中充斥的现代元素——无论是音乐、故事，还是网络信息——都在不断向我们输送着强烈的刺激。在习惯了这种程度的刺激之后，我们对于那些微小变化的感知只会越发迟钝。

　　与之恰恰相反，佛教中所教习的冥想能够使心灵从"快乐"与"不快"的纠纷中解脱出来，让人们切实感知身体所接收到的信息。这样一来，长期以来受到的强烈刺激被中止，脑神经也得以重新焕发活力，再次变得敏锐起来。

　　大脑喜欢擅自把充满细微变化（即无常）的世界单纯（即常）化，同时也将自己对世界的认知主观化，这是非常不科学的。与之相反，佛教则教人们如何把大脑丢失的信息捡回来，让人们学会从细微之处着眼看世界。我认为这是相对科学的。

067 适度紧张，适度放松

　　释迦牟尼的弟子中有一位叫室楼多的青年，他出家前是大富豪的儿子。他从小含着金汤匙长大，极受宠爱。然而，他自己却为这段成长经历感到羞愧，于是想要加倍努力地学习冥想修行，饭也顾不上吃，身体也搞垮了，结果修行却完全没有长进。

　　付出了这么多努力，却没有收到成效，室楼多感到很苦恼。释迦牟尼察觉后，对室楼多抛出了这样的问题："室楼多啊，你平时弹竖琴的时候，要是琴弦过硬或者过软，弹出来的音乐会动听吗？"室楼多回答："当然不会。"释迦牟尼于是语重心长地劝道："那么，修行也是一样的。太过努力或太过懈怠，都无法收到好的成效。你现在就是用力过猛，走火入魔了啊！"

　　自那以后，室楼多在修行中学会了劳逸结合，最终获得了顿悟。

在我们的认知中，现代人似乎也有点"用力过猛"了。但这也是因为我们各自都有着非达成不可的强烈欲望吧。人的神经中有一种"交感神经"，负责主导我们的兴奋和紧张感。当我们的欲望过于强烈时，这种交感神经就占据了上风。

想来，室楼多大概也是太急于求成，使得自己被交感神经所控制了吧。在过度兴奋的状态下，他无法好好地集中精力进行修行。若想让心灵安定下来，让精神集中，我们必须保持适度的紧张感，并学会适当放松，使得交感神经和副交感神经能够达到一种灵活的平衡状态。

大多数时候，我们都有走极端的倾向。不是过度紧张，就是过度懈怠。这种时候，自律神经便会失去平衡。室楼多的故事告诉我们，人应该学会在这两种极端中找出某种细微的平衡。

068 不撞南墙不回头

　　虽然我平时总劝诫别人对执念要学会放手，但其实我自己也没能做到。我的心中也存着许多执念，并常常因此误事儿。

　　来讲一段我的失败经历吧。十年以来，我一直崇尚精进料理，并坚持自炊和食素。而大约从前年起，我的身体开始出现类似营养失调的病状。我日复一日地瘦下去，整日手脚冰凉，体温也远低于常人。周围的人都很为我担心。

　　有人劝我该吃点动物性食品。然而，我的人生信条第一就是不吃鱼肉，第二不吃乳制品和鸡蛋，怎么能因为这点小病小痛就放弃呢？于是，由于一直这样僵持着，再加上工作繁忙，我的身体每况愈下。

　　一直以来，我对自己的定位都是只吃素菜。一旦形成了这种思维定式，我便坚信自己是对的，也不愿承认是吃素导致了身体状况的恶化。

我吃素的初衷原是为了将身心调整到最佳状态，以便自己能够好好学习冥想。这反倒使我的身体出现了问题，连正常的冥想也无法进行。在不得不承认错误以后，我选择了退半步，试着开始吃未受精的鸡蛋。这样过了一段时间，我的身体情况有了好转。啊，不得不说，煎蛋还真是美味呀。（最近，我准备将这些随笔整理出版，正在对原稿做一些修订。现下，我已经完全改变了饮食习惯，每周还会安排几天吃鱼 。）

对自我形象的坚持，也会使我们产生相应的思考和见解。等到不再坚持的那一天，我们终将悔悟当初的自己是多么愚蠢。到那时，长久以来的坚持一旦崩塌，我们的自尊心会受到伤害，心灵也将备感痛苦。

069 避免无意义的争论

设想一下，某天你不知为何就讲起了某个人的坏话："他总是固执己见，一点儿也不考虑别人的感受。真是讨人厌！"

要是听者回你一句："是啊！"这话题也许就翻篇儿了，因为本来也不是什么要紧的事。

然而，要是别人并不赞同你的意见，回了你一句："但我觉得他总是为别人着想，人其实挺好的呢！"这时你又当如何呢？

"固执己见"和"人其实挺好"是两种截然不同的见解。在这种情况下，双方都觉得自己的见解被对方否定了，从而很容易引发争论，非要分个对错高下出来。你心里可能就会想："哈，人好？开玩笑吧！我讨厌他，你却说他为别人着想，你这人也太不会察言观色了吧？"

本来只是随口说的一句话，在心里的重要程度顶多排个七十几号吧。但要是自己的观点被别人否定了，那可就不得了了，这件事可能瞬间就变成了头等大事。双方都想驳倒对方，于是便这样陷入了无休止的争论之中……哎呀呀！

释迦牟尼曾在《削减经》中说过这样的话："又其他之人染于世俗，固执己见，为难舍生者，但我等不染于世俗，不执自见，为善舍者。"

在与别人的见解发生冲突而心乱之前，当先自省。要认识到"这些也不是什么非说不可的话，只不过是我硬要与别人在观点上分个高下罢了"。像这样，在心中保留着自己的观点，在行动上适当地后退一步，给双方都留点余地。不一定要驳倒对方，也可以回一句："原来他也有这样的一面啊！"

070 放弃坚持的愧疚感从何而来

我之前讲过，自己本来是一个纯粹的素食主义者，但之后却不得不妥协吃起了鸡蛋。那篇文章发表以后，有好几个人来问我："哇，你竟然也开始吃鸡蛋了！我真是太震惊了！"这时，我突然注意到一个问题。别人在问我"你也吃鸡蛋啊"的时候，我一般都这样回答："哎呀，其实我吃的是鹌鹑蛋，蛋的分量特别少。"这种时候，我的心里总是莫名地有点愧疚，似乎总想为自己辩解一下："我也并没有完全舍弃我的人生信条啊……"

想到这里，我突然茅塞顿开。之前我想放下长久以来的坚持，修正自己的人生轨迹，为什么就那么难呢？其实原因就在于此。一直以来我给自己的定位都是"我是坚持……的人"，当我想放下这种坚持的时候，内心就开始敲警钟了："要是别人误解了我怎么办？比如，别人会不会想，'这人随随便便就放弃了自己的信仰，不靠谱！以后别把他的话当回事儿了！'"

正因为心中有着这样的担忧，才会想辩解说："不不，说是鸡蛋，但我其实吃的是鹌鹑蛋，很小的……"这样想来，我们之所以会坚持自己的见解，其中一个原因大概也是希望别人相信"我是不会错的，今后也要相信我说的话哦"。

　　要想从观点的冲突中解脱出来，首先就得学会妥善处理自己的欲望。"觉得我不讲信用？行啊，无所谓！"要是能这样想的话，心灵也会变得更为自由。

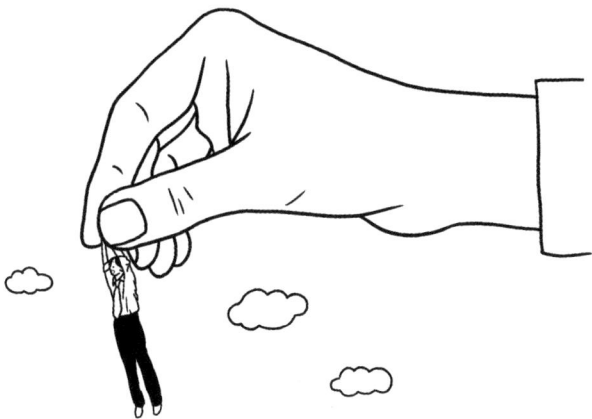

071 释迦牟尼化解争论："我没有想法。"

　　我与家人之间曾有过这样的对话：

　　"这支圆珠笔写不了了，我扔了啊？"

　　"啊？明明还能用，你太浪费了吧！"

　　面对家人这种略带责备的语气，我就有点儿不高兴了，回道："不啊，你看，已经没墨水了，写不了了！"这下对方无话可说了。于是，我的心中升起了一丝胜利的快感。

　　人们在得胜的时候往往喜欢得意扬扬地补一刀："看！我说的才是对的吧！"虽然我没把这句话说出口，但心里也差不多是这么想的。"看吧，这种时候还是我比较在理。下次要是再碰上意见相左的情况，你可得听我的！"

　　在这种场合下，其实谁也不关心圆珠笔到底有没有墨水。双方在乎的都是"自己的观点能否让对方信服"，以及"今后的局面是否会对自己有利"。

然而，人们的愚蠢之处就在于，胜利了还想要再补一句胜利宣言："都说了我才是对的！"本来对方就落败了，你还要上前再捅一刀，别人下次会跟你合作就怪了。

释迦牟尼曾在《经集》中说过这样的话："好胜心强的人，总喜欢抬高自己的观点，贬斥别人的观点。因此，他无法摆脱争论。"（第七九六偈）

释迦牟尼在遇上争论的时候就说："我没什么可与你们争的想法。"像这样，并不逞一时的口舌之快，而是从孰优孰劣的纷争中脱离出来，反而会让敌人心怀感激。正如释迦牟尼所说："要是遇上固执己见的人来挑衅，就随他们去吧！因为在这里，即使挑起争论，也没有人会应战。"（第八三二偈）

072 别把失败者逼入绝境

释迦牟尼后来又说道："别考虑自己是优于他人、劣于他人，还是等同于他人……心中不持有任何见解，才能泰然处之。"

在与人相处时，我们总想超过别人，而不愿落后于他人。执着于自己的意见，才是人与人产生争论的根源。释迦牟尼大概正是认清了这一本质，才会发出这样的劝诫吧。

每个人都想证明自己的实力，因此常常对别人的想法怀有偏见："你的想法好奇怪啊，我的意见才是对的。"

生活中，我们也常常遇到这样的争论："我之前明明拜托你了，你怎么没做啊？""不是吧，我怎么不知道有这回事？""啊？我之前明明跟你说过了呀！""哈？你在开玩笑吧！"……这种争吵是无意义的，因为两个人即便吵得再久也无法分出谁对谁错。

那为什么还要一直吵下去呢？这是因为如果自己在这场争论中输了，我们的内心就会给自己贴上"失败者"的标签。然而，这种时候，我们通常只觉得别人错了："你老干这种事，这次肯定也是你的错！"而不会问问自己："是不是我忘了说呀？"这正是大脑的常态，乐观地认为"自己才是正确的"。

这件小事要是没有证据的话，可能也就不了了之，到最后也分不出个胜负。然而，要是我们正好找到了证据，发现对方才是那个"失败者"的话，场面可就更加难堪了。对于这种事，一般看看过去的短信记录就能弄清楚个大概。要是正好发现自己才是对的，那我们可就高兴了，也许还要向对方再炫耀一番。然而，像这样伤害对方，把对方逼入绝境，只会在两人之间留下一道不可弥补的裂痕。还是学会适可而止吧！毕竟，在"失败者"的伤口上撒盐，并不是一件多么光彩的事。

073 不要当众揭别人的短

有的话，我们平时不会当着对方的面说，但当有第三者在场的时候，却很容易以玩笑的口吻说出来。

比如，当有客人到家里做客的时候，我们便对客人指出另一半的用词不当之处："她说话不中听，你别放在心上啊！看吧，你平时老对我不礼貌，这下好啦？"

为什么会这样呢？因为当我们单独面对对方的时候，双方的队伍里都只有一个人，是一种势均力敌的状态。然而，当场上出现第三个人的时候，我们便会把这个第三人当作我们的同伴。面对二比一的优势，我们的心里自然就有了底气。然而，这种恃强凌弱的做法明显会让被揭短的人很没面子。脾气好的人可能会暗自伤心，脾气差的人可能直接跟你翻脸。

有一次，我和一位关系不错的朋友一起住旅馆。旅馆的老板娘在上菜的时候介绍说："这种料理呢，在室町的时候是以鱼和肉为主的，但我们做这道菜的时候就只放了蔬菜。"我的朋友听了之后问道："啊，室町时代的人们就只吃蔬菜啊。"这明显是没认真听别人说话。

看见老板娘的脸上写着"这人根本就没认真听我说话吧"，我赶紧打圆场，开玩笑地呵斥了朋友一句："你真是够了！什么时候才能学会好好听人家讲话啊？"

虽然是以开玩笑的口吻，但还是伤害了朋友。沉默了几分钟后，他开口："我确实是没认真听别人说话，但你也没资格教训我吧？"于是，自那以后，我再也没有当众给过别人难堪。

074 脑力劳动与体力劳动要相互结合

在中国，"百丈清规"是禅宗寺院的生活规范，而创立这一规范的人就是百丈和尚。这位高僧到老年还一直遵守着自己创立的行为准则，坚持每天拿着锄头下田劳作。

他的弟子们却不赞同他的做法："我们的师父如此德高望重，却还每天做着这么无聊的事，实在有失身份。他上了年纪，身体也不好，还是不要再干农活了吧！"

虽然弟子们一直劝百丈不要再劳动了，百丈却仍旧每天默默地拿起锄头下田。弟子们很是担心师父的身体，终于在某天把百丈的农具藏了起来。于是，百丈在那一天没有劳作，却也没有进食。弟子们问他："您怎么不吃饭呢？"百丈回答说："一日不作，一日不食。"

这句"一日不作，一日不食"可以有很多种解释。

但在这里，我想从唯物主义的角度出发来理解这句话。即是说："如果不进行体力劳动，肚子就不会感觉到饥饿，嘴巴也尝不出食物的美味，那还吃饭干什么呢？"

有一段时间我特别忙，每天都在用脑，于是把农活和其他一些需要自己做的工作交给身边的同事去做。因为过度用脑，我的思维变得迟钝，味觉也开始衰退。要是能减少一些脑力劳动，增加体力劳动的时间，大脑将会变得更加清醒，吃饭时的味觉感知大概也能更加鲜明吧。然而，我却没有这样做。

无论是公司职员、企业的经营者，还是主妇、学生，都不要过度用脑的好。不然，让自己的思维陷入混沌，可就得不偿失了。虽说没有必要让所有人都来重复机械性的工作，但要是我们能率先行动起来，也许能起到一个很好的表率作用。

075 要有舍弃一切的勇气

释迦牟尼是全人类的导师。追本溯源的话，这位名垂千古的人物在年轻的时候还曾是一位王子。他是在舍弃了妻儿与国家之后，苦心修行，才有了后来的成就。《增支部经典》（三集）就讲述了他年轻时的烦恼。他在其中这样说道："虽然我现在还年轻，但总有一天会老去！虽然我现在还健康，但总有一天会患病！虽然我现在还意气风发，但总有一天会走向死亡！"

要是放在现在，也许大多数人都会觉得这种想法太过于杞人忧天。有的人也许会问："担心这么多干吗？只要现在还富裕、年轻、健康，不就够了吗？"

然而，在过分要求完美的释迦牟尼看来，这显然是不够的。年轻、健康、快乐能永远保持下去的话（亦即保持一种完美的状态）还好，若是有一天会失去它们，那么它们就算不上是"完美"的，也不能成为我们的终极依靠。"无论是年轻、健康，还是快乐，要是不能永远持续下去的话，还不如不要。"释迦牟尼正是怀着这样的想法，使自己超脱于老、病、死的恐惧之外，下定决心出家并潜心修行。哎呀，这也是给家人添了不小的麻烦呢！

况且，他还是部落的下一任首领。肩膀上担着如此重责的他，要是出家以后没有变成名垂青史的伟大人物，指不定会被别人怎么指责呢。大家一定会说他是一个没有责任心的笨蛋吧。然而，他连这些骂名也毫不畏惧，仍旧坚定地逃离了原本的生活轨迹。"即使舍弃现在拥有的一切，走上完全不一样的人生轨迹，也没什么大不了。"这大概就是他用亲身实践所教给我们的道理吧。

当然了，我写这篇文章也并不是劝读者们必须离职、离婚或是出家。只是，如果我们都能拥有这样的觉悟，想着"万一发生什么变故，我也有舍弃一切的决心"，我们可能会感到更轻松，也更能奋不顾身地去努力吧。是的，我也是这样想的。

076 对自己的期望是苦恼的根源

释迦牟尼曾说过，无法被满足的欲望是人类苦恼的根源。

"好想得到那个东西。"然而却无法得到。这种是比较单纯的烦恼。《大念住经》中提到，许多人心中都有一个理想的自我，而理想与现实的差距恰恰导致了我们的烦恼。

"我特别想变成这样的人。"大概每个人的心里都有过这样的想法吧。"想要变成待人亲切的人""想要变成积极向上的人""想要变成有趣的人""想要变成成功人士"……

然而问题的关键在于，这些欲求是无法持续得到满足的。在自己为人亲切、积极向上的时候，可能会喜滋滋地想："果然！我本来就是这种性格的人！"然而，人的内心是不断变化的（即无常），有为人亲切、积极向上的时候，就必然会有为人冷漠、自怨自艾的时候。当对自己的期待无法实现的时候，我们就会烦躁不安。这就是所谓的"烦恼"。另外，"有趣的人""成功人士"这样的期待，只有在自己变得比原来好的时候才会得到满足吧。要是自己的水平和原来相比并没有什么变化，习惯了这个水平的自己便会感到无聊，甚至不满。

我们之所以会产生"成为这样的人"的想法，大概有两种原因：①心情出现波动，于是恰好碰上名为"成为这样的人"的烦恼乘虚而入，袭击了我们的内心；②"成为这样的人"虽然只是我们暂时的想法，但内心却很快适应了这一想法，于是陷入苦恼之中。无论根源是哪一种，这种烦恼都会百分之百地使我们感到困扰。所以说，对自己的期待才是我们苦恼的原因啊！要是能想通这一点，并降低对自己的期望值，那我们的内心就会变得柔和了。"即使不能成为这样的人，也没什么大不了的。"

077 学会理智地自省，而非全盘否定过去

在本书的后半部分，我打算以一些自己的失败经验和平时难以启齿的事为例，来分析一下人生中的烦恼。

但这样做也有一个缺点。比如，我常常会有这种想法："虽然我有过失败，但现在自己已经认识到了错误，这样就很好！"看起来像是反省，其实不然。

从表面上看，我们确实承认了过去的错误，而内心深处则认为"现在的我承认了过去的错误，这样的做法是正确的"。这也正是存在于我们大脑中的另一种烦恼：总认为自己最新做出的判断就是正确的。

让我们来看一个具体的例子吧。某人之前在职场上因为过于在意别人的眼光而迷失了自我。于是他辞了职，又换了新的工作。这次他下定决心："我一定要告别过去那种愚蠢的做法，在新的职场中活出自我来！"这个

人的问题便在于，他过于相信自己当下的判断，而过分否定了从前的工作和思考方式。

因此，要是碰上别人夸奖他："你之前在那家公司做得很好啊，整个人都很有干劲儿呢！"他却仿佛已经下决心要告别过去了，略情绪化地答道："不不，那个时候我完全是一头雾水，找不着北啊！"

由于他一心认定"现在的自己才是对的"，于是，要是再在别人身上看到自己过去的影子，他便会不厌其烦地说教："别太在意别人的眼光了，这样你可是会迷失自我的！"这时，这种所谓的反省反而成为一种阻碍，让他失去了理智。

"新的想法也不一定是正确的。万事皆无常，以后自己的想法一定还会再变的。"我希望你们也能明白这个道理，看待问题的时候不要过于绝对。

078 不为失败找借口

　　我大约有十年没去过 KTV 了。前几天和寺院里的人一起去了一次，他们唱歌都很有水平，听着听着，我也忍不住拿起了话筒。

　　由于我平时不怎么听歌，这时也不知该选什么歌。为保险起见，我选的大多是一些童谣和摇篮曲。然而，这也没能让我免于犯错。

　　同去 KTV 的人大多都在唱当代的流行歌曲。我琢磨着自己也还算了解当下的流行趋势，于是也打算在他们面前露一手。冲动之下，我选了椎名林檎的《偷工减料的工作》。这是一首我以前喜欢过的摇滚曲目。然而，真轮到我的时候，自己却完全没法好好唱下去。我不仅不记得调子，面对"啊！我宁愿当一台机器"这种特立独行的歌词，也觉得很不好意思开口。

"我快忘得差不多了。""我以前还挺喜欢这首歌的，现在却觉得不怎么样啊。""这歌有点怪怪的""啊？怎么回事？"这时，要是还像这样找借口企图挽回颜面，可就更不妙了。

无论何种失败，只要自己能够诚实面对，我们便问心无愧；反之，一旦开始找借口挽回颜面，到中途局面便会变得无法收拾。这样的做法简直与跳梁小丑无异，像是在当众大喊："跟你说哦，我的实力其实远远不止于此！"那天，我在经过了长久的心理战之后，最终还是压下了找借口的欲望，在持续的跑调中结束了自己的歌唱。

这次的经历让我想起《经集》中的一段话："不必因不及别人而感到羞耻，不必为了超过别人而汲汲营营，亦不必执着于证明自己的实力。不要给自己贴上任何的标签，泰然自处，方得心安。"（第九一八偈）

079 以受害者姿态责备他人，与"苦行"无异

　　某天，我在新宿站排队买票，一位在我左边的男性却突然生气地大骂起来。

　　我稍微听了一下内容，原来，电车延迟耽误了他的工作。男子大骂道："我因为你们耽误了时间，你们却一副事不关己的样子，什么态度啊！"

　　我能明白，他心里一定认为："我是受害者，损失了这么多，你们难道不应该给我点特别待遇吗？"唉，这个国家的人啊，不知道从什么时候开始，都喜欢摆出一副受害者的姿态，偏偏这种行为还很受追捧。要说理由的话，大约是受害者的形象容易让自己在舆论中占上风吧。

　　社会上这种受害者的姿态已是屡见不鲜了。比如，"都怪你！我就是按你说的做，才变成现在这个样子"，

或是"你竟然出轨，真是太过分了！你知道我有多难过吗"，甚至还有怀才不遇的，认为"都怪这个社会没有眼光，才让我的才能无处发挥"。这里顺带提一下，"我就是按你说的做"这话是最近从我嘴里说出来的。

无论自己受到怎样的伤害，只要我们把对方定义为"加害者"，并给他们赋予同等的罪恶感，那么我们就能理所当然地操纵对方。受害者这一身份的魅力不正在于此吗？

然而，要是我们装受害者久了，习惯了，可能就会反过来享受这种被伤害的感觉。只要遇到一点点不如意的事，立马就觉得自己受伤了。这不正是现代人的常态吗？这种行为在佛教中被称为"苦行"，恰恰是释迦牟尼所反对的。

080 急于求成，则事与愿违

我在山口市一个叫作嘉川的地方长大。在那里，绝大多数行人用的红绿灯都需要提前按下按钮。我小时候，孩子们之间流行一个传言，"如果在适当的时候连续多次按下红绿灯的按钮，等待红灯的时间就会缩短"。当时，我们这些孩子对于这种传言深信不疑。大家都不愿意等红灯，所以总去按那个按钮。然而，等待红灯的时间却并没有发生任何变化。

想来，我们在处理内心的情绪时，应该也有着相似的经历吧。比如，将佛教的信仰运用于实践当中，本来是想获得心灵的平静。然而，一旦我们开始冥想以后，立马就会变得坐立不安。这又是为什么呢？因为在冥想的同时，我们也在心中按下了心情的控制按钮，希望内心能够立刻平静下来。在发现按了一次没用的时候，我们就有些着急了，一边想着快点快点，一边又连续按下这个按钮。

然而，我们越是焦急，越是催促，内心就越是紧张，压力也越积越多。事实证明，这种连续按按钮的行为只会带来相反的效果。同样，在我们没有干劲儿的时候，如果一个劲儿地给自己鼓劲儿说"必须早点振作起来"，结果也只不过是适得其反罢了。

释迦牟尼在《法句经》中说过，"我且无有我"（第六二偈），意思是"连我们自己都不是自己的所有物"。心灵也是一样，并不存在一个能让它乖乖听话的按钮。

要是只需按下"快点高兴起来"的按钮，人就能变得快乐的话，那么世界上的人一定随时随地都是快乐的，世间也再不会存在烦恼了。正因为人生中时有不顺，活着才会异常艰难。

即便播下了变化的种子，也无法立即收获果实。那么，何不顺应时势，安心等待结果呢？

081 别总想着改变别人

　　我在前一篇文章中引用了释迦牟尼的话，大意是我们自己也无法完全控制自己的内心。其实这段话的全文是这样的："'此我子我财'，愚人常为忧。我且无有我，何有子与财？"意思是说，自己的内心尚且不受自己控制，又如何能期待自己的孩子按照自己的想法去做呢？

　　其实，不只是孩子，我们在与别人相处的时候，一定有过想让别人按自己的想法来做的情况（并且通常都会失败）。这种时候，大家心里肯定多少都有点苦涩。

　　我也联想到了一个自己的亲身经历。

　　有位和我关系不错的朋友，总喜欢用难听的话来损我，让我听着很不舒服。于是我跟他谈了谈，希望他以后能换一种说话方式，他也欣然接受了。自那以后，我就期待着他能按照我的要求做出一些改变。结果，他还是喜欢损我、否定我。我感到很生气，心想："到头来你什么也没改变啊！"

别人不按照你的意愿来，可能有两种原因。第一，你的想法惹恼了对方，让对方觉得难以接受。第二，即使对方能够接受你的意见，但因为他自己也无法控制自己的内心，所以很难做出改变。比如，有的人天生脾气比较火爆，在被别人教训以后，也想试着变得温柔一些。虽然在心中按下了这个"改过自新"的按钮，但要想从火爆立马变得温柔，也是不可能的。

不凑巧的是，我们的内心和我们的思维方式所遵循的法则是全然不同的。即使心里想着"好想变得温柔起来"，却也不可能立刻就实现。考虑到这双重的困难，我们只能试着接受别人的言行举止。要是实在无法接受，就离那个人远点儿。总之，还是别让自己钻牛角尖的好！

082 每个人有自己遵循的法则

最近，我们道场搬到了一座古老的建筑里。这里的房屋构造不大合理，屋子里到处都是虫子。由于是在山里，一碰上梅雨季节，到处都很潮湿。这时，一种像球潮虫的生物会大量地涌进来。

我跟朋友讲起这事儿的时候，朋友问："这种虫子，你碰它的时候它会卷成一团吗？"我回答说："似乎不会吧。"于是朋友告诉我，这并不是球潮虫，而是草鞋虫。这种虫子比球潮虫的繁殖速度更快，也更喜欢潮湿的环境。有点儿好笑的是，朋友认为"如果是球潮虫的话还挺可爱的，可要是那么多草鞋虫爬进房间，就有点儿恶心了"。明明长得都差不多，但在朋友心中的地位却是天壤之别。我好奇地问了问缘由，他便给出了如下的回答。

他先是"唔"地考虑了一下，然后答道："球潮虫一碰就会卷成一团，能按照我的想法来做，所以我觉得它很可爱。"听到这个答案，我忍不住笑了，心想："这并不算是按照你的想法来做吧？"

球潮虫，顾名思义，确实是一碰就会向内卷成一团。然而，这也是球潮虫体内原本就存在着的自然法则。它之所以会"按照我的想法来做"，也只不过是因为它对我们的行为的反应恰好遵循了这个法则罢了。换句话说，即使我们希望"草鞋虫也能用手碰一下就向后倒"，但因为这种愿望与草鞋虫体内的自然法则并不相合，故而是不可能实现的。

也就是说，球潮虫之所以会向内卷，并不是我们的意志决定的，而是我们遵循相应规律的结果。

再回到我们在前一篇文章中所谈到的话题，其实人也是一样的。每个人都只遵循自己内心的规律而行动，如果我们硬要别人违背内心的规律，"做这个做那个""变成这样"，是不可能得到别人的回应的。

083 求而不得之苦

世界上的任何事物，包括自己的心灵，都是意识无法掌控的。我们在前面几篇文章中已经反复确认了这一道理。

我最近在整理《无我相经》。其中有一章提到了释迦牟尼对弟子们讲的话："我们无法支配自己的心灵，也无法使它按我们的意志往东或往西。"讲完这句话以后，释迦牟尼又问他的弟子们："你们认为这样的心灵是坚实的、值得信赖的，还是无常的、不可靠的呢？"果不出他所料，弟子们答道："回老师，我们认为是无常的。"释迦牟尼又问道："那你们认为，无常这种东西，是苦还是乐呢？"弟子们继而答道:"回老师，我们认为是苦。"（唔，这简直像是诱导式提问。）

这种内心的变化可以总结如下："我们无法按照自己的意志来支配事物"→"万事万物皆遵循无常的法则

而随意变动"→"控制欲没有得到满足，内心陷入苦恼"。这样想来，人的欲望其实是无穷无尽的。我们的心灵永远不会达到完全的平和，永远不会认为自己"已经再也不需要其他任何东西了"。遇上再好的人，再好的境遇，人们还是会"想要这样，想要那样"，陷入求而不得的苦境之中。

人的心灵本就是基于"想要变得幸福＝想要获得满足"而设定的，而万物却是自然变化的（无常），并不会按照我们的意志来行动（无我）。这样一来，我们最终会回到不满足的原点（一切皆苦）。只要我们还活着，就必然会参与到这场人生的欲望游戏之中，永远追求着得不到的事物，追逐着达不到的目标。

释迦牟尼早已看透，人生这场无解的游戏永远不会有清场的一天。所以，何不试着放下自己的胜欲，让心灵重归平和呢？

084 衣带渐宽终不悔

　　道场里有个院子，我打算将其中一部分改造成草坪，便买了许多草种回来。为了给种子的生长创造一个良好的环境，我又费了好大的劲儿松土。大概是因为这里的土太硬了，松土的工作花了我整整两天时间。

　　耕作结束后，望着一大片松好土的土地，我的内心不禁涌出了一股自豪感。然而，播种的指导说明上写着"开始的几天需要每日浇水"，我却不凑巧地需要外出一周。本想着最近也快到梅雨季节了，浇水的活就让雨水代替吧。但没想到那几天竟没下雨，以致我回来的时候草地还没有发芽。

　　土地里只有零星的几处冒出了几片嫩芽。看见这等惨状，我整个人一下就蔫儿了，想着"自己明明投入了那么多精力……"确实，如果自己在某事上投入了心血，又收获了成果，这种成就感就会让我们备感充实。反之，如果自己的付出没有得到应有的回报，我们大概也会感到很无力吧。

佛教修行也是一样的，如果投入了十成的精力却没有什么收获，那修行在我们眼里可能就变成了一件讨厌的事。如果对家人付出了十分的爱意却没有收到对方的感谢，那这人在我们眼里可能就变成了不懂感恩的人。

然而，仅仅因为不能承受这种无力感，就转而厌恶付出的对象或行为，这是不对的。我也没能免俗，在种草的热情被打击以后，心里便想着："啊！我再也不喜欢园艺了。还是放弃吧！"

然而，这种所谓的"厌恶"只是我们为逃避打击所找的借口。"啊，是我太要强了，总想给自己找点存在感。"像这样，在自尊心的问题上退一步，在真正重要的事上再进一步，不是很好吗？

085 是故莫爱着，爱着反为苦

　　山口县有一种著名的和式甜品，大约有一口大小，名叫"利休馒头"。身边有个人把它的名字记错了，老说这是"宇部馒头"。我于是笑着纠正他说："这不叫宇部馒头，而是利休馒头。"说起来其实也是一件微不足道的事。

　　然而，过了几分钟，他又说起了"宇部馒头如何如何……"我于是采取了一种迂回战术，再次提醒他："噢，你说的是宇部市产的利休馒头吧？"但那之后他仍管这叫"宇部馒头"，全然没有要更正的意思。

　　这要是发生在完全不熟的人身上，我们可能只是会一笑置之，甚至会觉得这人还挺有意思的。然而，关系越是亲近，我们对对方抱有的期待也就越多。要是发现自己的想法无法传达给对方，我们就会产生一种莫名的无力感——至少对我来说是这样的。

让我们来分析一下这种无力感："无论我怎么插手，也无法影响对方的想法。我真是无能为力呀……"反过来说，正是由于我们想要对对方施加影响，并借此来证明自己的实力，才会在求而不得的时候产生悲伤或寂寞的情绪吧。

对于没有那么熟的对象，我们并不执着于影响他们，所以即便他们不听自己的，我们也能毫不介怀。这样看来，我们的烦恼正来自对对方的执着。

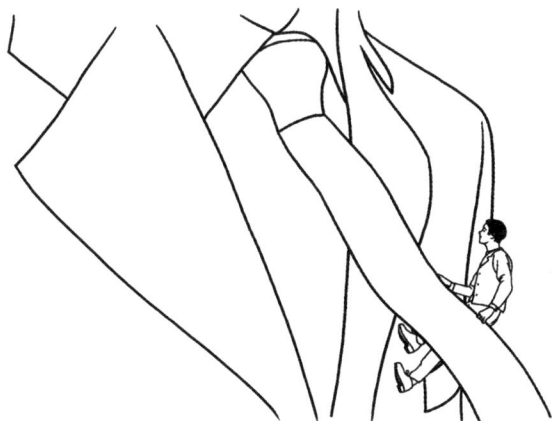

086 爱别离为苦

在前一篇文章中，我提到了《法句经》里的话，但其实后半部分是我意译的。原本的句子应该是：是故莫爱着，爱别离为苦。

这里的"爱别离"，我们很容易将其理解为一些未来发生的事，比如"因吵架而分离"，或是"因死亡而分离"。

我高中的时候上过一门课，课上老师跟我们讲了"一切皆苦"的概念，并提到其中的一种苦叫作"爱别离苦"，意思是"失去所爱的痛苦"。当时，我心里想着："虽然总有一天会因分离而痛苦，但我们已经一起相处了足够长的时间，所以也不能算是'一切皆苦'吧。"

而实际上，"爱别离苦"并不一定要承受真正的分离。即便对方就在你面前，只要你对他心生厌恶，便也可以算作"爱别离苦"的一种。我在前面已经用一些自己难以启齿的经历举了例子。比如，当我们发现对方听不进去自己说的话时，或是在意的人违背了与自己的约定时，又或是对方对自己发脾气、忽略了自己时，内心总会产生一种不舒服的感觉。这时，"我爱的那个他"已经死去，取而代之的便是"我讨厌的那个他"。

正因如此，我才将"爱别离为苦"意译为了"爱着反为苦"。

如果硬要将他人的变化都拿到放大镜下看，那么即使面对喜欢的人，我们也会时常生出厌恶的情绪吧。所以，释迦牟尼才又说了如下的话："若无爱与憎，彼即无羁缚。"

第五章　别比较

087 莫知来变

某天早晨,我突然发现道场里的榻榻米全都发霉了。最近天气特别潮湿,许多物件都有发霉的迹象,所以连一般不用电器制品的我也早早地买好了除湿机。然而,这还是远远不够。

几天前,为了躲避霉菌的进攻,我将被子从自己的房间搬到了坐禅室,晚上也就在那儿睡下了。结果,竟然连坐禅室也受到了霉菌的攻击。我只好把榻榻米全都立起来,先让它们通通风。

这几天晚上我一直睡在附近的民宿,心想:"好!这样我的床铺就安全了。"唔,但这真的是件好事吗?

在为了居住环境而手忙脚乱的时候,我总会想起《法句经》里的一句话:"暑当止此,寒当止此,愚多预虑,莫知来变。"(第二八六偈)

在以前，僧人本是居无定所的。他们每日择荫而居，在树下修行，即使遇上蛇、蜂也不躲不避。后来，释迦牟尼虽然接受别人捐赠的精舍[1]，逐渐开始了定居生活，但仍旧坚持推行头陀行[2]，提倡不带身外之物，不执着于居所，而游历于天下。在道场还未搬迁的时候，我也曾有过一段全然不惧霉菌的时光。然而，不知道从何时起，自己便逐渐远离了这种生活方式。虽然我也曾试着反省，但每每想起长久以来，这种生活给身体带来的病痛，我便感到有些恐惧。

　　只有放下对健康和生命的执着，才能真正实现潜心修行。虽然我明白这个道理，却也感觉到那舍己为人的勇气在日渐流失。若是能重塑我这残破的身躯，该有多好啊！

---

1. 精舍：指出家人修炼的场所。
2. 头陀行：指佛教僧侣行头陀时，应遵守的住空闲处、常乞食、着百衲衣等十二项苦行。

088 无论何时何地，保持内心的平静

我在道场的入口处贴了几个大字：肃静、沉默，还在旁边配上了插图。这样做是为了让学习打坐冥想的学生们保持安静。

在进行冥想的时候，假如周围很闹腾，大多数人都会因受到干扰而心神不宁。这样的状态不适合冥想，所以我们都极力想要平复自己的心情。

修行到一定境界的人，无论何时何地都能做到心如止水。然而若是火候未到，则无论从视觉、听觉、触觉，还是从精神状态上来看，在安静的环境中修行都更有效率。

正是明白这一点，我才想着给冥想的初学者们提供一个安静的学习环境……要真是这样的话，我也还算挺体贴吧？然而，反省之后我发现，自己这样做也有一点私心存在——我自己本就喜欢安静的环境，内心深处总

对"吵吵嚷嚷的道场"感到有些抗拒。

是的，我现在就连写东西也要选在安静的咖啡店。而以前自己可不是这样的。那时，我一心专注于提升自己的修行，完全不需要"安静的咖啡店"这种外部条件作为辅助。无论何时何地，我都能使自己静下心来，工作的效率也异常高。

暂时忘却俗事的纷扰，去咖啡店调整一下心情——这乍一看还挺优雅的。然而，真正的优雅该是恒久的宁静，不需要忘却俗世的纷扰，更不需要通过心情的转换来达成。火候未到的我，现在正一边调整心情，一边写下这些文字。

089 借"亲切"之名，行"自我满足"之实

　　某天，我在一家店里喝茶，旁边的两位女性正在热烈地交谈。她们似乎说的是博多方言，由于声音有点儿大，于是谈话内容就传入了我的耳朵里："这蛋糕好看是好看，但完全吃不饱啊——""对对！而且也不怎么甜嘛！"

　　其中一位女性做的似乎是给学校提供餐食的工作，因为我听见她的朋友对她说："你做的蛋糕又好吃，分量也够，比这强多了！"她于是谦虚地答道："不不，我只会做点儿简单的餐食，像'男友便当'这种精致的食物我是做不来的！"

　　她的朋友大约是这么回答的："哎呀，男生其实对便当的外形没啥要求，这不过就是女生的自我满足罢了！"

　　我本来边听边笑，但当听到"自我满足"这四个字

的时候，心里却好像被什么刺了一下。

　　最近，我对某位朋友的事十分上心。我们认识很久了，自己也很希望能为他出点儿力。结果他却以"自己不需要帮助"为由拒绝了我，拒绝的时候还顺带说了句："你心里大概只在意自己是否帮助了我，却没考虑过我需不需要你的帮助吧？"确实，我之所以想帮助这位朋友，有一部分原因是为补偿自己过去所犯下的错误，但也有一半是为了满足自己的虚荣心。他大概看穿了这一点，才对我的帮助嗤之以鼻吧。

　　再让我随意翻译一下《经集》中的一句话吧："有的人嘴上说着'我是为了你好'，而做出的行为却全然不考虑对方的需求。这样的人只不过是不知廉耻的伪善者罢了。"（第二五三偈）是的，我们对别人的亲切相待不过是伪善罢了，难怪得不到回应啊！

090 帮助别人是为了满足自己的虚荣心

我有一位朋友，平时很少见面，偶尔会聚在一起喝个茶，最近又小聚了一下。今天要讲的事就跟这次的见面有关。这位朋友最近跟公司的同事处得很不好，说是"已经差不多一周没笑过了"。

我们一边吃着茶点一边聊着天。在这期间，他终于露出了久违的笑容，并一面感叹道："啊！我真是太久没笑过了！"看到他的心情放晴，我也感到很欣慰。

回过头去看，我发现自己那时的喜悦并非纯粹出自对朋友的关怀，而是隐含了一丝自大的成分。正因为对方处境艰难，我才有大显身手的机会。于是，心底某处发出了一声骄傲的感叹："多亏有我在，他才能重新展露出笑容！"

哲学家斯宾诺莎在他的著作《伦理学》中专门分析

过这种心理。他认为："当我们对别人施加影响，并给别人带来快乐的时候，我们自己也会感到心情愉悦。这种愉悦感便是所谓的虚荣心。"

对于困扰着别人的麻烦，我们却会生出一种虚荣心（的烦恼）来。这样看来，别人要是陷入了逆境，岂不是正中我们的下怀？因为这样一来，我们便能提供帮助，满足自己的虚荣心。这也就不难解释，为什么许多内心浮躁、缺乏自信的人，反而最喜欢在别人困难的时候出现，或是给予帮助，或是扮演传教士和咨询顾问的角色了。

这类人通常沉浸在"救世主"的幻想中难以自拔。然而，就像我们在前一篇文章中所讲的那样，他们所提供的一切帮助，都不过是为了满足自己虚荣心的伪善罢了。我希望读者们也能注意自省，不要像他们一样，让自己的心灵陷入穷途末路的境地。我们需要学习，勇敢地面对自己内心的脆弱。坦白地承认"啊，我做的这些都只是伪善罢了！"又有何不可呢？

091 不要把自己的规则强加给别人

我有一位学习冥想的学生，他十分热衷于佛道的实践，有时也喜欢找我谈谈心。有一次，他向我讲述了这样的烦恼："虽然我自己一直坚持不杀生，但家里人却常常拍死蚊子，用杀虫剂之类的。每当我劝他们不要这样做的时候，又觉得自己有点小家子气。"

我回答他："说到底，这些清规戒律只是拿来约束我们自己的东西。你要是想把它当作标杆来约束别人的话，只会让自己徒增烦恼。别人想怎么做就随他们去吧！"然而，开导别人容易，自己做起来可就难了。对于陌生人，我倒也不会强求他们不杀生，但一旦到了自己家人身上，我就忍不住想要让他们遵守我的规则。

比如有一回，我在家人的房间里看到了驱蚊的电器制品，心想："这个东西会把蚊子杀死。赶走就好了，没必要杀生啊。"于是，我擅自把驱蚊器换成了不怎么管用的蚊香。那天晚上，家里人被蚊子咬得厉害，全身发痒。第二天早上，他们对我抱怨说："昨晚都没怎么睡好……"真是可怜啊。

唔，宗教这东西的可怕之处就在于，它很容易使我们变成原教旨主义者，一心以为自己遵循的规则才是正确的，连带着想要别人也将这种做法贯彻到底。这样一来，受苦的到底还是别人。

关于这一点，释迦牟尼在《经集》中说过类似的话："不能容忍他人杀生。"（第三九四偈）这是不是也犯了我们前面所说的错误呢？其实不然，因为他又接着说了："不向一切生灵施暴。"从这个角度来说，我们也应当注意，不向他人（这种生物）施暴，也不应把宗教观念强加给他人。

092 适度坚守，适当放弃

自己一直遵循着不杀生的戒律，却难免一不小心就把自己的规则强加给他人。在上一篇文章中，我就用自己的亲身经历阐明了这一道理。说到这儿，我不禁又想起了前不久刚发生的另一件事，当时也让我很是烦恼。

我在山口县的某座寺庙当住持。这座寺庙的大殿和库里[1]之间有一段回廊。前一段时间，回廊的地板下突然冒出了许多白蚁，整片地板都遭到了侵蚀。当时的我可是一个不折不扣的佛教旨主义者，心想着："白蚁啃木材也只不过为了求生罢了，并不是有意要找我们的麻烦。现在若要让我擅自用药杀死这么多白蚁，我还真下不去这个手。"

---

1. 库里：伽蓝之一，僧侣居住的场所，有时也兼作厨房。据《容斋随笔》所载，日本禅宗的七堂伽蓝分别为佛殿、法堂、僧堂、库里、三门、西净、浴堂。

除蚁公司的职员来了，我问他们："有没有什么办法可以不杀生，但又能把白蚁赶走呢？"对方听了之后也回去做了许多调查，但最终还是答复我说："这里受灾面积太大了，现在除了把它们都杀掉，已经别无他法了。"

我当时甚至还想过，若是要虐杀这么多的白蚁，还不如就让这段回廊自生自灭好了。家人听了我这种极端的想法以后劝阻我说："寺院是大家的，凭着你一己的坚持就要让这条回廊毁掉，这样不太好吧？"后来经过多方商讨，我提出自己不再插手，而是将这件事交由其他的家人及檀家总代表共同商议决定。在那种情况下，我觉得自己也只能视而不见，袖手旁观了。

现在再回想起这件事，发现自己处理得不甚妥当。自己当时的想法太过不切实际，也没能贯彻到底。最终，我还是把球踢给了总代表，让他替我承担了杀生的罪责。那以后，驱蚁公司的职员们每每见到我，也都一副很抱歉的样子。这样看来，即便自己愿意妥协，愿意放弃长久以来的坚持，但到底什么时候该妥协，临界点在哪里，也是一件让人十分头疼的事。唉，这次的惨痛教训又给我好好上了一课！

093 导致争端的是独善其身的信仰

　　我们在上一篇文章中讲到，人在践行自身信仰的过程中，可能不知不觉便会走火入魔，波及他人。有的人常常会认为"这才是真理"，或"他不明白那个道理，他是错的"。修行佛道的人，如果常怀这样的想法，很容易堕落成狂热的宗教分子。真可怕！

　　"宗教"这个词可以简单地解释为"以某种信条为宗旨（在自己心中居主要地位）的团体"。从这种客观的角度来看，宗教虽然信仰着某种信条，却没有强迫的意味。

　　然而问题在于，那些以某种信仰为人生标杆的人，大多原本就意志不坚定。他们或是缺乏自信，或是有着强烈的愤世嫉俗倾向（最近，经过反省，我发现自己好像也有这种倾向）。

我们这些无法适应社会的人，为了寻求一条出路，便发明了这种宗教游戏。在这种游戏之中，我们可以用不同于社会的标准来评价自己，且能通过对心灵的训练使自己获得成长。通过这种游戏，我们得以在社会上不断晋升，并借此找回自信。不可否认，这就是宗教信仰的一个心理侧面。

正因为这种心理的存在，我们才会为了保持那虚幻的美好形象而执着于某些清规戒律，或是打压那些与自己的信仰相左的人。

《经集》中的一句话可以作为这种症状的"解药"：在这世上，一个执着于观点的人总喜欢抬高自己的观点，贬斥别人的观点。因此，他无法摆脱争论。（第七九六偈）

094 保持干劲需要主动

在我小的时候，父母常常教训我说："快去做作业！"我听了之后往往很生气，就是不想顺了他们的意，于是答道："我本来是打算现在就去做的，被你这样一说，反而不想做了！"像这样的经历，我相信不仅仅是我，大家应该都有过吧。

暂且不论当时我是不是真的"打算现在就去做"，重点在于，要是想保持干劲儿，"主动的意志"是很重要的。要是做某件事是被别人强迫的，那我们的自尊心也会受到严重伤害。

现在，让我们先把目光转向镰仓幕府时期。想必大家都听说过源赖家吧？他是鬼武者源赖朝与尼将军北条政子的儿子，同时也是镰仓幕府的（极其短命的）第二代将军。源赖朝死后，源赖家继承了将军之位。然而，他只不过是位傀儡将军，真正掌权的还是他的母亲政子与其他朝中重臣。心生不满的源赖家想要把政权握在自己手中，于是举兵反抗，最终只落得个被赐死的悲惨下场。他真的只是个任性妄为的蠢货吗？不是的。他心里肯定也明白，母亲和重臣们的话是正确的。然而，在这种受制于人的局面之下，他大概也像我之前那样产生了逆反心理："被你这样一说，我反而不想做了！"

《大般涅槃经》中记载了这样一句话："将心灵的法则作为我们自身的凭依。"我们也可以把这句话的含义引申一下。以史为镜，我们不应剥夺别人的实权，而应使每个人都拥有构筑自身基盘的权利。

095 世上不存在绝对正确的圣典

我之前讲过,过分执着于宗教(比如佛道)是件有点危险的事情。有的宗教狂热信徒甚至会把经典上所记载的字字句句都奉为真理。然而归根结底,这些经典也不过是一些文字罢了。

在诸多原始的佛教经典中,《经集》是最为古老的,其中收录了许多释迦牟尼在世时说过的话。我在这本书中也时有引用。然而,即便是面对这样一本著作,我们也不能囫囵吞枣地全盘接受。有位佛学界的泰斗名叫中村元,他认为从文献学的角度来看,《经集》的第四章和第五章是最初编纂的,而其他章节则是后人添上去的。确实,《经集》的第四章不加修饰而又意味深远,而其他章大多混杂着对释迦牟尼的无上赞美。

比如说,《经集》中有一章叫作"宝经",人们常常把它当作护身咒文来念诵。这段经文中有多处均表达了对僧侣的赞美，且极力劝谏人们行布施之德。要说释迦牟尼会在说法时故意做这种自卖自夸的事儿，我还真不大相信。这多半是后来的佛教团体为了树立威信而添上去的。

再举一个例子吧。《经集》中有一段经文提到了一位精通经、律、论三藏的僧人，他曾被释迦牟尼笑称为"胸无点墨的佛经先生"。经过释迦牟尼的点拨，这位僧人意识到"自己只能算是熟读了经书，并不是真的在修行"，于是痛改前非。然而，三藏之中，论藏是在释迦牟尼逝世后才形成的。但根据这段记载，释迦牟尼在世时已经有人在学习论藏了。这不是前后矛盾吗？

我虽然只举了几个小例子，但这些例子中提到的疑点也是不容忽视的。由此可见，世界上不存在绝对正确的圣典，我们也不可尽信书。原始的佛典也不过是一些用文字记下来的语言罢了。我们在阅读的时候应该学会保持一定的距离，理智地去思考，而非一味偏信。

096 远离让自己过度着迷的事物

我有一位青梅竹马的朋友，前些日子见面时听她说："我最近满脑子都是 Kyary Pamyu Pamyu！"[1]想起她之前明明还一副不感兴趣的样子，我不禁又要感慨人生的无常了。这里还有一段小插曲。我从前就在时尚杂志上见过"Kyary Pamyu Pamyu"这个有趣的名字，当下心里便警铃大作。我在脑海中能用仅存的信息拼凑出她美丽的容颜，也对她那特立独行的造型和时尚略有耳闻，还知道为她的歌作词作曲的是我从前喜欢的 Capsule 组合的中田康孝先生。然而，接触到这些信息，却让我对"喜欢她"这件事望而却步。

我在心底仍怀有着对"特立独行"的美好幻想。但若要以这种风格生活，必然与这个社会格格不入，所以

1.Kyary Pamyu Pamyu（きゃりーぱみゅぱみゅ）：竹村桐子，1993 年出生于京都，日本女性模特及歌手。

我才选择通过修行将这种想法压在了心底。正因为有这么一段缘由,在听到这个名字的时候心下才更觉得危险。

再回到青梅竹马的话题。之前我俩曾经开玩笑般地想试试看"自己到底能'中毒'到什么程度",于是一起打开她买的新曲录像带,结果便一发不可收拾。"Candy Candy……" 的副歌部分一直在我的脑海中挥之不去,我打坐的时候脑子里也全是这个旋律。困扰了我好一阵子。佛门中有一条戒律:修行的过程中不允许听音乐,以防被"洗脑"。这次的事件简直让我再次深刻认识到了这一戒律的重要性。

另外,之前还叫嚷着"没什么大不了"的我那位青梅竹马的朋友,也变成了这位偶像的狂热粉丝,时常把这首歌的开头几句挂在嘴边。而我呢,后来却完完全全远离了这位偶像——照片也不看了,歌曲也不听了——最终摆脱了这种"洗脑循环"的状态,让心灵得以重获安宁。我时常告诫自己,若要始终保持内心的平静,则不能让自己拥有过度迷恋的东西。虽然这是个有用的法子,但要想坚持下来,还是难免有些寂寞呢。

097 别被虚荣心迷了眼

前些时候，我留宿在一家旅店中。这家旅店有厨房，旅客可以自己做饭。入住的时候，老板娘说可以为我们提供餐食，而我当时还是个素食主义者，所以拒绝了这难得的好意，答道："我是个素食主义者，就不麻烦您了，还是自己做吧。"

但素食主义者之间也是有区别的。比如我，就是个吃蛋类的素食主义者。那天，我从厨房里拿了些鹌鹑蛋，敲碎了以后正准备把蛋壳扔掉，却又踌躇了起来。

我心想着："要是老板娘在收拾的时候从垃圾箱里发现了蛋壳，觉得'那位和尚说自己是个素食主义者，原来是骗人的啊'，或是'他应该是不喜欢吃我做的饭才找这种借口吧……'那我可如何是好？"哎呀哎呀，这明显是我自己想多了吧！而且像这样，因为过于在意别人的眼光而变得畏畏缩缩，确实是有点小家子气呢。

我之所以会陷入两难，还是虚荣心在作怪。站在厨房的垃圾桶前，我就这样一直与自己的虚荣心做着斗争，甚至有点想用纸把蛋壳包起来再扔掉。但是我们生活在这世界上，如果时时刻刻都要活在别人的眼光中，岂不是自找麻烦？无论别人怎么想，自己问心无愧便是了。

　　想到这里，我于是"理直气壮"地直接把蛋壳扔掉了。

　　以上，便是一位胆小鬼内心斗争的全过程。

　　说到这里，我又不得不提起《法句经》中的一句话："可羞不羞，非羞反羞；生为邪见，死堕地狱。"（第三一六偈）

098 不惧误解

在上一篇文章中，我讲到了自己内心的怯懦之处。唔，人生苦短，与其战战兢兢地活着，还不如堂堂正正地做事来得自在呢。

说实话，最初我之所以会投身佛道，潜心修行，很大一部分原因是想要忘却旁人的眼光，堂堂正正地生活。

反过来看，原先的自己太过在意别人的看法，活得很是疲惫。为了摆脱那种生活，我才日日修行，不断追求进步。然而即便如此，我偶尔还是有摔跤的时候。

最近就发生了一件有点儿滑稽的事。母亲要参加一个家族聚会，大老远从山口县赶到了镰仓的道场。我出发前去最近的车站接她。急匆匆地走在路上的时候，心里却生出了这样一种想法：我不想让任何人看到我们在一起的样子。

我的母亲看起来十分年轻，之前曾多次被旁人错认成我的妻子。车站前的小店里有许多我的熟人，我尤其不想自己的母亲被他们错认。

　　由于心里怀着这样的想法，我在去车站的路上一直心神不宁。唉，自己什么时候变得这么胆小了？

　　仔细想想，要是被人误解了，找个机会解释一下，说声"不，不是的"有那么难吗？因为不想被别人错认，就畏畏缩缩地藏起来不想见人，实则是误入歧途了。《经集》有云：卑贱的人才会鬼鬼祟祟地隐藏自己的身份。（第一二七偈）

099 不必强迫自己迎合他人

　　"我最近试着按照自己的本心来生活，不再强迫自己去迎合他人。碰上实在不想做的事，也逐渐学会拒绝。自从这样做以后，我觉得整个人像脱胎换骨了一般。"我时常在读者来信中读到这样的内容。但他们通常还会接着写道："但是，自己是高兴了，家人却觉得我'变得比以前冷漠'。从道德的角度来看，我是不是做错了呢？"

　　其实我也有这样的烦恼。家人常常向我抱怨道："你开始修行之前至少有些体贴，现在连那仅存的一点儿温柔也消失得无影无踪了。"

　　现在回过头想想，以前自己所表现出来的那些善意根本不能算是"体贴"。那时，我之所以会附和朋友的话题，不过因为害怕自己被他们排挤罢了。就连对家人做的一些讨喜的事儿，也不过是想得到他们的赞美而已。这些事顺了别人的意，所以在他们眼中当然是"体贴"的表现，而作为当事人的我，却因为过于在意别人的眼光而生活得小心翼翼，内心也时常饱受煎熬。

这种小心翼翼，实则是由过度在意周围人的评价而引出的烦恼。要是我们能意识到这一点，内心便能摒弃那些华丽的伪装，重回朴素。然而在现实中，这种朴素也许会被旁人理解为冷漠——就像我和那位读者所遭遇的那样。这也确实是件让人头疼的事。

不可否认，人应常怀慈悲之心，多做善事。但在此之前，我们首先应该学会体贴自己，不要把别人的快乐建立在自己的痛苦之上。若非如此，我们对人所表现出的种种"体贴"只能算伪善罢了。

100 谦虚是进步的基石

　　在镰仓末期到南北朝时期的这段历史中，有一位不得不提的高僧，名叫梦窗疏石[1]。北条氏、足利氏，以及后醍醐天皇均对他厚礼相待，尊其为师。乍一看，你可能会觉得这是一位长袖善舞的权臣。而实际上，他半世隐居，终生修行，是一位难得的佛法大家。

　　这位高僧原本隐居于深山之中，一直潜心修行。后来，在后醍醐天皇的再三邀请下，他动身前往京都，终于被卷入红尘。而这时，他已经五十一岁了。梦窗疏石年轻时便有很高的悟性，师父认为他早已经得道，而他却从未停下过钻研的脚步。北条高时等当权者曾多次邀

---

1. 梦窗疏石（1275-1351）：日本临济宗高僧。伊势人，俗姓源，字梦窗。为宇多天皇九世孙。他一生不求名利，不进权门，精研佛法，大扬禅风，曾被日本朝廷敕赐七大国师尊号，称"七朝帝师"。

请他出山，但他却一直远离权力中心，专注于冥想修行。

数十年间，梦窓疏石一直过着孤独的求道生活。正是这份经历，使得他后来即便位于权力的中心，饱受世俗纷扰，仍旧不改清雅脱俗之姿，始终以谦和的心态传承着佛教文化，也在庭院建筑史上留下了浓墨重彩的一笔。

再看看我自己，在修行路上还是个半吊子，却错以为自己已然得道，早早就结束了隐居生活，开始接受人世间的历练。饱经沧桑后我才意识到，自己的道行还远远不够。最近，我有心沉淀下来，重新开始。看着梦窓疏石那些隐居的痕迹，想起他对于修行的决心，自己越发觉得惭愧。

梦窓疏石曾写道："有的人遵守了戒律便自鸣得意，瞧不起那些不遵守戒律的人；有的人自以为有大智慧便自视甚高，蔑视那些没有智慧的人。这些人都得不到进步。"（《梦中问答集》自译）诚然，一个人若想获得成长，谦虚是最好的肥料。这位大师大概早已洞悉了这一人生哲理吧！

101 渴望赞美与自大无异

有位朋友跟我讲起自己以前的老板，说他有事没事总喜欢自夸，来一句："我的公司不错吧？"员工们说起这位老板都直皱眉。某天，有客人来向这位老板请教"如何才能拿到大订单"。

老板对我的朋友说了如下的话："嗯，你就替我这样回答他：'我老板对客户特别用心，连客户的私事都关照得无微不至，客户当然很感动！毕竟生意做得好，服务又周到的公司谁不喜欢呢？'"

自恋到这种程度，真是让人哭笑不得。

这位老板的潜在心理大概是这样的：自卖自夸难免惹人嫌，赞美的话还是从第三者的口中说出来更有说服力。《经集》有云：未经询问便向别人赞扬自己的德行戒行，这种人内心污秽。（第七八二偈）

人们在既不想得到"内心污秽"的评价，又自信心膨胀的时候，大多希望别人能主动夸赞自己。这并非个别现象。比如，我有一次曾在厨房里给别人打下手。吃饭时，大家都在讨论那道菜的美味。然而，主人对我的帮助却只字未提，我心里便生出了些许怨气。

　　这种场合下，我虽不会主动来一句"我也帮忙了哟"，却也跟前面提到的那位老板怀着相似的想法："要是能提一下我的功劳也好啊……"想来我也是"内心污秽"的那种人吧。

　　别再执着于别人的表扬了，低调处世，"不言之花最是芬芳"。如果能像这样转变一下想法，我们的心灵便也能归于平静了。

102 但行好事，莫问前程

我在上一篇文章中劝诫大家，不夸耀自己的功绩，要低调处世。写完之后，我自己也反省了一下，却发现我时常妄自尊大，内心早已被傲慢所侵蚀。

举个例子吧。某天，我逛到了寺院的厨房，发现洗涤池的排水口垃圾丛生，还积了许多污泥。我一个人把排水口清理干净，又把其他地方也打扫了一番，整个厨房焕然一新。本来自己就是个爱干净的人，打扫也全然是因为眼里见不得脏东西。然而，打扫完之后，心里却莫名生出了"想要被别人感谢"的想法。

结果，谁也没注意到我的"丰功伟绩"。一个月之后，排水口仍是一片狼藉。我心想，难道自己以后都要这么默默做好事不留名吗？心里不禁有些愤然。

从佛学的观点来看，一个人的内心既有着"想让别人看到自己做的好事，想被感谢"的欲望，也有"把厨房搞得这么脏，应该好好反省"的狂妄，还有着"为什么总是我"的不满。此时，我的心中已是负能量（恶业）满满。

其实，谁都想要快乐，而不希望自己浑身充满负能量吧！这里的诀窍就在于，不要总觉得事情都是"为别人而做"，这样只会让自己的骄傲膨胀。要是能从利己的角度出发，告诉自己"我只是自己想做这些事，并不需要谁的感谢"，那我们也就能摆脱炫耀的欲望了。

要是能放下这种"做了好事想被别人知道"的欲望，默默行善，那么，我们在摆脱烦恼的同时，也能让内心充满正能量，不正是一石二鸟吗？

103 坦然接受生活中的不便

　　某天晚上大约九点半的时候，我打电话给 A 航空公司的客服中心，准备预约第二天航班的座位。然而，我打过去的时候客服已经下班了，但语音系统告诉我，顾客可以根据提示查询起降航班的空座情况。

　　我心想："唔，确认哪些是空座之后就能预约座位了吧！"我之所以会这么想，是因为之前总搭乘 B 航空公司的航班，每次打电话给客服之后，根据语音提示按下数字就能选座了。

　　输入航班信息特别费劲儿。然而，在我好不容易选择了 ×× 机场到 ×× 机场 ×× 时 ×× 分出发的航班之后，语音系统只回复我"该航班目前仍有很多空座"，却并没有预约座位的选项。

　　"哎，它那么说，我还以为能选座呢。谁知道最后只告诉我一句'还有很多空座'，这也太过分了吧，害我白白浪费了宝贵的睡前十五分钟。他们真应该好好跟B公司学学！"我在心里抱怨的同时，突然又想明白了。像晚上没法电话选座这种事，其实再普通不过了。然而，人一旦习惯了便利的服务，便再难以接受回到原点。

想想我自己，当初正是不想让自己生活得太舒服，才选择了避世而居，远离网络和手机这些方便的现代设备。而现在却因为没法选座这种小事，就抱怨："怎么这么不方便啊，气人！"这可不是贻笑大方吗？

无论遇上什么事，要是能始终秉持着"实在不行就算了"的态度，少钻点牛角尖，那么人们也许能多多少少放下些肩上的重担，让自己过得轻松些。在我看来，正是现代社会的各种便利工具和服务，让人们过惯了养尊处优的生活，从而剥夺了他们放松自我的权利。

104 大胆承认自己的弱点和失败

不久前，我出版了一本新书，意在劝导人们关注最真实的自我。简单来说，这本书的内容可以概括为："事事都要逞能，只会给自己徒增烦恼。我们应该大胆承认自己的弱点，也给心灵一点喘息之机。"

快到截稿日期的时候，我每天都在紧赶慢赶地写文章。这时我才讽刺地发现，自己一面在劝导别人不要逞能，一面却在做着截然相反的事。我本没有能力接下这么多工作，却硬要打肿脸充胖子，结果被大量的工作压迫得喘不过气来。

一个人接下的工作越多，在完成的过程中也就越有成就感，觉得自己仿佛是个很能干的人。这种良好的自我感觉使人的大脑受到刺激，从而产生快感。然而问题在于，我们常常被这种快感所欺骗，忽视了自身本就存在的弱点。

就以我自己为例，在过去，我能够通过冥想修行使精神达到一种绝佳的状态，在工作时也能保持绝对的清醒，且不会感到疲惫。这种良好的精神状态随着年龄的增长已经一去不复返了，而我却不肯接受现实，总想着"既然那时候我能做到，现在为什么不能呢"。过于依赖自己曾经的荣光，才促使我接下许多无法按时完成的工作。

"现在的我已经大不如从前了"，我的自尊心是绝不容许自己承认这一事实的。然而我也渐渐感觉到，负荷已经使得我的工作质量大不如从前。最终，我还是决心向相关工作人员说明自己的身体状况，并减少工作量。在放下了自尊心重担的那一刻，我感觉整个人都轻松了起来……然而即便如此，我有时还是忙得喘不过气来。真想把仅存的这点儿重担也卸下，让自己完全放松啊！

105 不与他人相比，不与过去的自己相比

　　"不要认为自己优于、劣于，或等同于别人。"（《经集》第九一八偈）

　　以上是释迦牟尼曾说过的话，他认为舍弃与人比较而产生的优越感、劣等感以及平等感之后，人能够生活得更安宁。一旦我们把自己和别人放在对立的两端，就会产生比较。当我们认为自己 "比他更能干" "比他更有活力" 的时候，便会产生一种妄自尊大的情绪；反之，如果感到自己"没他能干""比他更老气"，则会心生不快。无论是哪一种情况，我们的内心都无法获得真正的平静。

　　然而问题在于，人的大脑已经形成了习惯，下意识地想要弄清楚 "自己到底排在什么位置"，于是时常把自己和别人拿来比较，再做出"自己更优""更劣"或是"与别人没差" 的判断。佛教中把这种喜欢与人比较的习惯称为"自满"。我们的心情就在这种"优""劣""优""劣"

不断比较中忽上忽下，唱着一个人的独角戏。过去的自己也是我们用来比较的对象。我也曾沉溺于自己壮年时期的荣光而无法接受年老后的衰弱，于是出现了前一篇文章中的逞强行为。说来也真是惭愧！

在当今社会，大多数人都比较长寿。然而，随着年龄的增长，许多人就会想"我从前是多么积极向上啊""我之前皮肤明明那么好""我那时是多么朝气蓬勃啊"……这样一比较，当然会觉得自己不如从前了。从现在开始，别再拿自己跟过去比，也别把自然的老化想象成一件可怕的事情。

106 约会时在意的是朋友，还是自己

　　我和一位中学时代的朋友大约有十年没见面了。某天，我突然很想见他，便给他去了个电话。"怎么，有什么事吗？""也没有，就是觉得我俩很久没见面了……""唔，见一下也可以，但见了面做什么呢？"

　　我原本以为他也一定很期待和我见面，结果却是这么个不冷不热的态度。我虽然有点儿受打击，但还是热情地答道："见个面，一起吃个饭聊聊天呗。你觉得怎么样？""可以是可以，但我现在也定不了时间。具体哪天以后再说吧。"

　　挂了电话之后，我发现我的心绪也产生了不可思议的变化·"啊？之前明明还挺想见他的，现在倒觉得无所谓了。"仔细回想了一下，这位旧友在言语之间毫无重逢的喜悦，而自己却一直穷追不舍。这种热脸贴冷屁股的行为多多少少让我感到有点儿屈辱。

我发现，自己在意的并不是这位朋友本身，而是对方"这么久没见了，到底有没有想念我，对这次见面有没有热情"的态度。要是对方一点儿也不积极，那我也没有必要觍着脸去求他了。正所谓"杜鹃不啼，则弃之"[1]。正因为自己心高气傲，总觉得自己应该值得他热情对待，在面对对方的冷淡时，才会备受打击。要是我也能像德川家康那样，放下自己的骄傲，做到"杜鹃不啼，则待之啼"就好了。

　　实际上，那之后的某天我们还是碰面了。大概是每天加班的缘故，他整个人显得十分疲惫。看见这一脸倦容，我瞬间就明白了他前几天对我冷淡的缘由。我们到底是多年的旧友，很快就消除了隔阂，毫无芥蒂地开怀畅谈了起来。哎，这种莫名其妙的自尊心很容易让我们自以为是地误解别人，还真是危险啊！

1.杜鹃不啼，则弃之：源自日本战国时期典故。人问："杜鹃不啼，欲闻其啼，则何如？"织田信长答："杜鹃不啼，则杀之。"丰臣秀吉答："杜鹃不啼，则逗之啼。"德川家康答："杜鹃不啼，则待之啼。"

107 能听进他人的指责，才算是真正的"反省"

将近年关，寺里办了一个年终聚会。有位在这儿打工的人问我："您今年过得怎么样啊？"我反省了一下自己今年的行为，答道："哎呀，说起来，我今年可真有点儿缺心眼儿……不该开玩笑的时候净瞎起哄，对帮助过我的人时常连一句'谢谢'也忘了说，好像还时常惹身边的人生气。"

听了我的回答之后，对方先是一脸欣慰地点头称是，然后又对我说了如下的话："住持您啊，有时候确实不太考虑别人的感受，让人气得跳脚；有时呢，又细致得让我都感到惊讶。每个人的性子大不相同，所以可能生气的点也不太一样吧。"

唔……虽然对方说的是"每个人生气的点都不一样"，但他自己一定也有生我气的时候。这么一想，不禁感到有些后怕呢。

虽然我之前还在反省，但当同样的缺点被别人指出来的时候，自己心里就有点儿不服气了。内心的某个角落在嘟囔着："我也没讨人厌到这种地步吧。"

为了维护自己的尊严，连之前的反省也放弃了。我们还真是任性啊！注意到自己心里的这种变化之后，我又重新审视了自己，发现刚才别人的指责确实很中肯。我希望你们都能把这句话铭记于心："比起那些只会阿谀奉承的愚者,我更愿意跟指出我缺点的智者交往。"(《自说经》第二五章）

108 作为他人的表率，应勇于承认自己的弱点

我在前文中一再强调，做人要勇于承认自己的弱点，接受自己的失败。然而反观我自己，却不愿承认衰老的事实，在工作中也总喜欢逞强。思来想去，自己之所以会变成这样，也许是因为我把自己放在了"说教者"的立场上。

"我平时又是讲学又是指导学生们冥想，要是做了这么点儿事就累了可不行。要是因为这点儿小事就恼了更不行……"像这样，我总想着把自己强势的一面展示给别人。在我还精力充沛的那会儿，时常热心地向别人传授自律的诀窍。也正因为如此，我很害怕将自己不自律的一面暴露于人前。

由此，我才总喜欢逞强，表现得像做什么都不费力，生活中也没什么烦恼……这才真是在折磨我自己吧！

对于这种烦恼，其实谁也无法置身事外。那些需要给别人做出表率的角色，或多或少都有点儿喜欢虚张声势吧。自己没那么大的能耐，非要打肿脸充胖子。比如，"我是上司，必须……""作为他们的老师""为人父母""作为长辈"等。这样想的次数多了，我们可能就信以为真了，反而忽略了自己真正的弱点和烦恼。

本来，如果人能够坦率地承认并正视自己的烦恼，那么这些烦恼的数据便会被传入大脑。大脑一旦下达了消除烦恼的指令，这些烦恼也终将得到妥善的解决。然而我们现在却自行消除了烦恼的数据……

佛教中有种说法叫"苦圣谛"，意即"苦才是最为神圣的真理"。是的，我们只有正视自己的烦恼，才能从根本上消除烦恼，使心灵获得真正的宁静。

后 记

我在报纸上有一个连载了两年的专栏，名字叫作《修心练习》。我从其中摘选了 108 篇文章，编成了这本《别生气啦》。

　　写这些文章的时候，我每周都把身边发生的事和自己的心情做一个总结，再将自己觉得最有意思的部分摘出来。然而现在回过头想想，连载的中后期却是我最为苦恼的一段时间。

　　在这段时间里，我写出来的文章虽然仍旧幽默诙谐，但也掺杂了许多切身经历的苦楚。我有些担心这种叙述方式是否过于贴近现实了。也许有的读者会偏好于这种表达方式，那么我推荐你们从这本书的后半部分开始阅读。

　　在这些文章中，我以自己当时的弱点为素材，对生活中的烦恼进行了身临其境的分析。如果诸位读者也能从这些例子发现自身存在的问题，那我就不算白费力气了。

这样说来，把这本书取名为《弱点练习》或是《弱点反省练习》是不是更为合理呢？我原先也是这样打算的，但编辑部觉得这种标题不太好理解，最终还是给否决了。

现在，我已经走出这困扰了自己数月的迷沼，感觉像终于安全地降落在了柔软的地面上一般（当然，这也可以算是一种无常了）。

连载那段时间，每每快要走入死胡同的时候，我便通过这些文章来提醒自己。而现在，当我再次通读这本书，却发现从前那些困扰我的事，那些苦恼的一幕幕，全然不算什么。

是的，无论处在多么艰难的境地，遇上多么大的挫折，只要能够停下来勇敢面对，总结经验教训，那么，这些困难日后必将成为我们人生中一笔宝贵的财富。

处境艰难的时候，人最是容易自乱阵脚，想要早早地进行下一步行动。然而，越是这样汲汲营营，就越是难以保持镇静，最后只能把生活弄得一团糟。

所以，处境越是艰难，我们就越应该停下来审视自己的内心，而不是通过外部手段来做加减法。

即是说，不必急着走下一步，而应该在原地好好反省自己。

通过这种"自省练习"，我们得以停下脚步，平静地审视自己的内心。这才能算得上是真正的"清爽生活"。

在连载的两年半时间里，我先后给平出义明、星野学、浜田奈美三位负责的记者添了许多麻烦，在此郑重地表示感谢。特别是星野学先生，不但在我写不出文章的时候帮助我打破了瓶颈，还在其他许多方面给予了我宝贵的支持，在此特别感谢他。

另外，这已经是我和幻冬舍的小木田顺子小姐的第三次合作了。这份工作依然（至少在表面上）是非常"酷"

的。我希望以一句谢词微笑着结束我的这篇后记："终于完成了呢！"

小池龙之介

在（现实的和心灵的）春天来临之际

写于一个充满阳光的早上

[全书完]

小池龙之介

出生于 1978 年，毕业于东京大学。

日本作家，僧人。

现为月读寺住持，是日本当下最炙手可热的大众佛法
推广禅僧。

王珏

青年译者

毕业于北京大学日语系

现于北京大学深圳研究生院深造

已出版译作：《山之四季》

别生气啦

作者 _ [日] 小池龙之介　　译者 _ 王珏

产品经理 _ 曹曼　　装帧设计 _ 悠悠　　技术编辑 _ 陈鸽

执行印制 _ 刘淼　　策划人 _ 于桐

营销团队 _ 阮班欢 李佳　　物料设计 _ 孙莹

果麦

www.guomai.cn

以 微 小 的 力 量 推 动 文 明

图书在版编目（CIP）数据

别生气啦 /（日）小池龙之介著；王珏译 . -- 成都：
四川文艺出版社，2020.6（2024.12重印）
　ISBN 978-7-5411-5720-2

　Ⅰ . ①别… Ⅱ . ①小… ②王… Ⅲ . ①散文集—日本
—现代 Ⅳ . ① I313.65

　中国版本图书馆 CIP 数据核字 (2020) 第 088649 号

SHINAI SEIKATSU
Copyright © 2014 RYUNOSUKE KOIKE, GENTOSHA
Chinese translation rights in simplified characters arranged with GENTOSHA INC.
through Japan UNI Agency, Inc.
版权登记号：图进字 21-2020-205 号

BIE SHENGQI LA

别生气啦

〔日〕小池龙之介 著
王珏 译

出 品 人	谭清洁	
责任编辑	邓　敏	
装帧设计	悠　悠	
责任校对	段　敏	

出版发行　四川文艺出版社（成都市锦江区三色路 238 号）
网　　址　www.scwys.com
电　　话　021-64386496（发行部）　028-86361781（编辑部）
印　　刷　北京盛通印刷股份有限公司
成品尺寸　127mm×184mm
开　　本　32 开
印　　张　7.5
字　　数　100 十
版　　次　2020 年 6 月第一版
印　　次　2024 年 12 月第三十一次印刷
书　　号　ISBN 978-7-5411-5720-2
定　　价　39.80 元